新潮文庫

文豪ナビ 芥川龍之介

新潮文庫編

内供《ないぐ》は人を見ずに、
唯《ただ》、鼻を見た。
――しかし鍵鼻《かぎばな》はあっ
内供のような鼻は
一つも見当らない。
その見当らない事が、
度《たび》重なるに従って、
内供の心は次第に又不快になった。

――『鼻』

こんなとき読みたい芥川 ❶

いまの自分を変えることができたら
人生だって変えられるのに。
そんなふうに、思いませんか？

もう少しスタイルがよくて、
くっきりした目鼻立ちに生まれついていたら、
自信をもって人前に立てるのに。
もう少し才能があれば、
あの人なんかに負けないのに。
ほんとうの自分が見つかれば、
もっと素敵に生きられるのに。
心に巣食うコンプレックスは、
あなたを幸せにする？　それとも不幸にする？
ヒントは『鼻』にあります。

コンプレックスのせいで落ち込んだこと、ありますか。
自分のイヤなとこ、なくしてしまいたい、と思っていませんか
自分らしさを見失っていませんか。

そんなあなたに読んでほしい。

『鼻』

お金、出世、愛、長寿……人の願いにはキリがない?

劇画界のスター池上遼一が名作を劇画化した『近代日本文学名作選』(小学館)。
芥川作品は「地獄変」を収録。

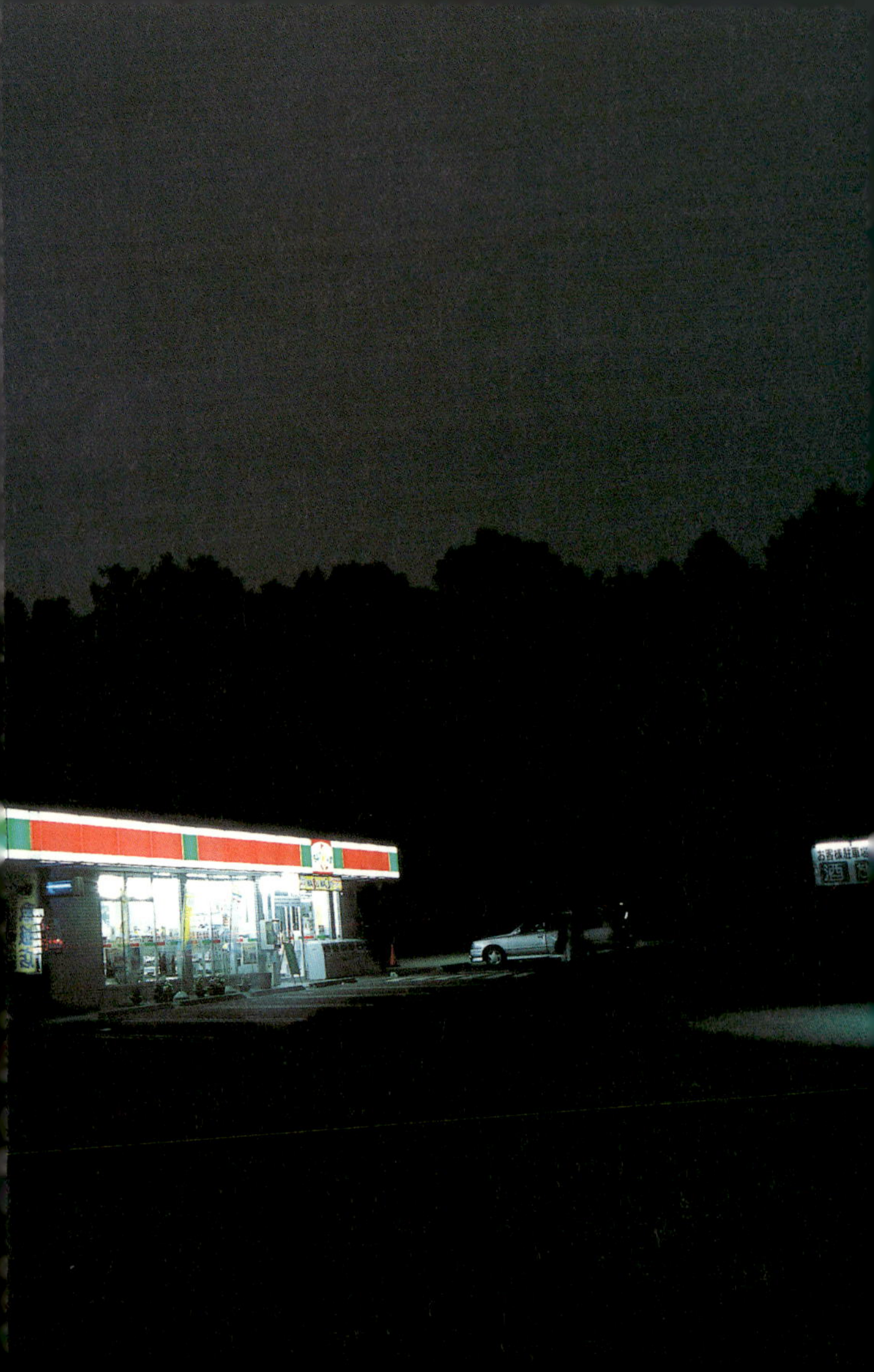

「あの人を殺して下さい」——
この言葉は嵐のように、
今でも遠い闇の底へ、
まっ逆《さか》様《さま》におれを吹き落そうとする。
一度でもこの位憎むべき言葉が、
人間の口を出た事があろうか？
一度でもこの位呪《のろ》わしい言葉が、
人間の耳に触れた事があろうか？

——『藪の中』

真実は一つ、なんて真っ赤な嘘。ほら、あなたは自分に都合よく思い込んでるだけではありませんか。

まさかあなたは、自分の見ていること、
憶えていることだけが事実だなんて、
思ってないでしょうね。
見たくないことは見えてこないし、
起こってないことでも起きたかのように
記憶してしまうことだってあるんですから。
もしかすると、
いちばんのミステリーは人の心、かもしれませんね。
真実は、まさに『藪《やぶ》の中』。
あなたの推理で解き明かしてください。

「アンビリーバボー!」な体験をしたこと、ありますか。
他人の気持ちはわからない、と思ったこと、ないですか。
推理小説やミステリーものは、お好きですか。

そんなあなたに読んでほしい。

『藪《やぶ》の中』

「真相は藪の中…」という言葉の由来は、この小説

1950年に公開された黒澤明監督の映画「羅生門」の原作は「藪の中」。

人生は
一箱のマッチに似ている。
重大に扱うのは莫迦《ばか》々々《ばか》しい。
重大に扱わなければ危険である。

――『侏儒の言葉』

AKAMI
クスリ

こんなとき読みたい芥川③

「うまいこと言うなあ」と
おもわず感心してしまう。
そんなスルドイ一言、
自分でもひねりだせたらいいのに。

言葉はスポットライトのようなものです。
光の当て方しだいで、そのことが輝きだしたり、
影を帯びたり、違うものに見えたり、
あざやかに浮かびあがったり。
『侏《しゅ》儒《じゅ》の言葉』には、
「ザブトン一枚！」と声をかけたくなるような
アフォリズム（箴《しん》言《げん》）が、いっぱい詰め込まれています。
これを読んだら、今度は
あなたならではの「言い得て妙」を

生きていくのは、ラクじゃない、と思ったことないですか。
「名言」を書きとめたり、引用したりしたこと、ありますか。
『笑点』の大喜利は、好きですか。

そんなあなたに読んでほしい。

『侏《しゅ》儒《じゅ》の言葉』

噛めば噛むほど味が出る！　座右の一冊にもってこい

『侏儒の言葉』早わかり → P34
作品の詳しい説明 → P130
エッセイ（梨木香歩） → P140

ひねりだしてみてください。

芥川が好きだったココア。同じ銘柄のココアを飲みながら芥川を読むのも一興。

文豪ナビ 芥川龍之介

目次

イラスト●野村俊夫　写真●広瀬達郎　編集協力●北川潤之介

本書は書下ろしです。データは刊行時のものです。

【参考文献】『新潮日本文学アルバム　芥川龍之介』（新潮社）『芥川龍之介全集』（岩波書店）『芥川龍之介全集』（ちくま文庫）『21世紀文学の預言者　芥川龍之介展』（財団法人神奈川文学振興会）『芥川龍之介　旅とふるさと――〈国文学解釈と鑑賞〉別冊』（至文堂）

【写真提供】財団法人　日本近代文学館／たばこと塩の博物館

5ページ写真

右／池上遼一著『近代日本文学名作選』（小学館）。芥川龍之介作品のほかに菊池寛「藤十郎の恋」山本周五郎「松風の門」等を収録。

左／新潮文庫『羅生門・鼻』（表題作の他「芋粥」「運」「袈裟と盛遠」「邪宗門」「好色」「俊寛」を収録）

9ページ写真

右／新潮文庫『地獄変・偸盗（ちゅうとう）』（表題作の他に「藪の中」「竜」「往生絵巻」「六の宮の姫君」を収録）

左／ＤＶＤ「羅生門」（１９５０年日本映画／大映（京都撮影所作品）1時間28分／公開・１９５０年8月／配給・大映）

13ページ写真

右／新潮文庫『侏儒の言葉・西方の人』（表題作の他「続西方の人」を収録）

左／１８２８年から製造されていたオランダ産のバンホーテンココア。「歯車」（新潮文庫『河童・或阿呆の一生』所収）にも登場する。

超早わかり！芥川作品ナビ

芥川龍之介 おすすめコース

メニューを開いて、さあオードブルから、どうぞ！　口当たりのいい「児童文学もの」です。

蜘《く》蛛《も》の糸・杜子春

初めのひと皿は、昔の素材を現代風にアレンジした「王朝もの」の一品。

羅生門
鼻
芋粥

同じ「王朝もの」でも大人の味付け。ピリ辛風味が絶妙です！

地獄変
藪の中

お次は、ほのかな甘さの「文明開化もの」。幕末の大文学者を描いた濃厚なものも、食べごたえあり。

舞踏会 ＜ 戯作三昧《げさくざんまい》 ＜ 奉教人の死 ＜ 河童《かっぱ》・歯車 ＜ 或阿呆《あるあほう》の一生

ラストはクセになる「異世界もの」と「自伝的」作品。——デザートには言葉の盛り合わせ。拾い読みも面白いかもね〜。

「キリシタンもの」に深くせまって、神&悪魔&人間の関係をじっくり味わってみてください。

あなたにピッタリの芥川作品は?

タイトルは有名だけど本当に面白いの?　どんなタイプの話かわかれば読む気になるんだけど……。「超早わかり! 芥川作品ナビ」なら、あなたにピッタリの芥川が見つかります。

お好きなメニューをお選びください
「短編料理」のグランシェフ・芥川が腕をふるった逸品です

ようこそ〈芥川亭〉へ。ここでは和・洋・中の多彩なレパートリーで、「短編料理」の逸品を提供し、それぞれに独創的な味付けがなされています。芥川龍之介が腕によりをかけた「人生の香りや人生の味わい」を、堪能してください。

とにかく、頭のよい人。語学力の達人。カミソリのように、シャープな人。人の心を見抜いてしまう眼力の持ち主。

そんな芥川龍之介は、※短編小説という器にミクロコスモスを封じ込めた天才料理人、とでも申しましょうか。

芥川は、人物や社会や歴史の全体像を、欲張って一枚の大皿の中に盛りつけよう、なんてヤボなことはしません。最も印象的なエピソードを一つか二つだけザックリと切り出してきて、一枚の小皿に乗せる。その断面・断章の、何と鮮烈なことか。

印象的なエピソードを味わった読者は、人生や社会や歴史の

※「短編小説の天才」といわれる現代の作家を挙げるなら、阿刀田高、三浦哲郎。時代をさかのぼると何といってもO・ヘンリーだろう。

奥深くに隠れているエッセンスまでも噛《か》みしめることになります。視覚や聴覚だけでなく、味覚※※や嗅覚《きゅうかく》などにも鋭く訴える感覚的な作風、それが芥川の真骨頂なのです。

では、メニューをお開きください。

『蜘蛛《くも》の糸』『杜子春《とししゅん》』で、あなたの善人度・悪人度をセルフチェック

オードブルには、『蜘蛛の糸・杜子春』あたりはいかがでしょう。いわゆる「児童文学もの」※※※。口当たりはいいし、なかなか味わい深い。芥川の世界に入るのに最適ですよ。

まず、何と言っても『蜘蛛の糸』。地獄にいる大泥坊の犍陀《かんだ》多《た》は、生きていた頃には一匹のクモの命を助けた「善人」でもありました。どうやら芥川は、人間には百%ピュアな善人はいないし、百%救いがたい悪人もいない、という考えを持っていたようです。では犍陀多は地獄から救い出すに値する善性の

※※
池波正太郎の作品は、あまりに食べ物の描写がリアルで、読んでいると生唾が出てくる。彼自身も料理が得意で大のグルメだった。

※※※
最近、児童文学の世界でも活躍している女性作家が人気急上昇中だ。本書にエッセイを寄せている梨木香歩さんもその一人。

人間なのか。お釈迦《しゃか》様は、犍陀多がとっさにどういう言葉を口にするか、テストしようとします。地獄に蜘蛛の糸を垂らして。

その結果、犍陀多の口から飛び出したのは、醜い言葉でした。「こら、罪人ども。この蜘蛛の糸は己《おれ》のものだぞ。お前たちは一体誰に尋《き》いて、のぼって来た。下りろ。下りろ」。この瞬間に、犍陀多は「悪人」となったのです。そして、「善人になるテスト」に落第して、悪人が住むのにふさわしい地獄へと再び落ちてゆきます。

人間は、どういう「言葉」を口にするか、どういう「行動」を取るかで、自分の本当の姿を現すのだ、と芥川は言いたかったのでしょう。電車の中で困っているお年寄りに席を譲りたいという優しさも、好きで好きでたまらない異性に対する恋心も、黙って思うだけで、何もしないうちは「無い」のと同じこと。言葉や行動になってこそ、本物となるのですから。

『杜子春』の若者は、仙人の与えたテストに見事に合格します。

『杜子春』
10分で作品を読む ➡ 49P
エッセイ（梨木香歩）➡ 144P

『蜘蛛の糸』
声に出して読む ➡ 83P
エッセイ（阿刀田高）➡ 68P

「決して声を出すのではないぞ」と、仙人から固く命じられた彼が、せっぱ詰まった瞬間にその禁を破って、口からしぼりだしたのは、「お母《つか》さん」という美しい言葉。その言葉こそが、杜子春が「善人」であることの証明であり、この若者の人生を好転させるのです。

『白』の主人公は、犬。恐怖心から何もできずに、友が殺されるのを見捨ててしまう。彼は反省して、命がけの「行動」を勇敢に繰り返し、ついに立ち直ります。芥川が訴えたいのは、言葉ではなく、行為が大切なのだということです。

絶望の苦さや、希望の甘さがミックスしたオードブル、いかがでしたか？

一つだけ願いをかなえてやる、と言われたら
あなたならいったい何を望みますか

次の一皿には、平安時代に題材を得た「王朝もの」の『羅生《らしょう》

『羅生門』

声に出して読む ➡ 88P
エッセイ（阿刀田高） ➡ 68P
エッセイ（梨木香歩） ➡ 137P
作品の詳しい説明 ➡ 113P

門《もん》・鼻』はいかがでしょう。

芥川は、数百年も昔の『今昔《こんじゃく》物語集』や『宇治拾遺物語』という素材※を図書館から仕入れてきて、大胆な包丁さばきと味付けで、現代風のスパイシーなアレンジに挑戦しています。

『羅生門』※※は、人生の分かれ道で進路に悩んでいた若い「下人《げにん》」が主人公。生きるために悪事を働いている老婆の「言葉」を聞いているうちに、自分もまた悪人となる「勇気」を得て、望んで盗賊へと変貌《へんぼう》してしまうのです。これから先、彼がどういう生き地獄でもがき苦しもうとも、それは彼が自分で選びとった人生。たとえ捕縛されて刑死しようとも、本望というもの。納得して死んでゆくほかありません。

一方、『鼻』や『芋粥《いもがゆ》』は、人間の望みについて、アドバイスしている作品です。もし、あなたが何かよいことをして、ご褒《ほう》美《び》として神様・仏様・お天道《てんとう》様から、「何でも、おまえの願いをかなえてやるぞ」と言われたとします。そのときあなたは、

※古典に材を得てストーリーを創作した文豪に太宰治がいる。『お伽草紙』では、浦島太郎やカチカチ山に独自の解釈を加えた。

※※映画『羅生門』（一九五〇）は、ヴェネチア国際映画祭でグランプリを受賞した、巨匠・黒澤明監督の出世作。原作は短編『藪《やぶ》の中』。

『芋粥』

10分で作品を読む ➡ 39P

何を望みますか。「お金」ですか？「出世・名声・権力」ですか？　それとも、「愛」なんて人もいるかもしれませんね。いやいや「健康・長寿」だという人もあるでしょう。

ところが、この「願い」というのが、くせ者なのです。人間には「願ってはいけないこと」や「どんなに願ってもかなわないこと」がある、と芥川は読者に教えています。

『鼻』では鼻の長いお坊さんが「短い鼻」を希望して、それを実現するのですが、その結果、自分らしさを失ってしまいます。つまり、お坊さんは、「自分」ではなくて「まったく自分でない人物」になりたいと願ってしまった。現実から逃避するだけの不毛な願いは、人間をかえって不幸にするのです。

大人の人生の味は、辛《から》いがクセになる
『地獄変』『藪《やぶ》の中』はピリリとして気が許せないぞ

つづいて、同じ「王朝もの」でも「大人の味付け」がされた

『地獄変』

10分で作品を読む ➡ 46P
声に出して読む ➡ 79P
エッセイ（阿刀田高）➡ 72P
エッセイ（梨木香歩）➡ 137P
作品の詳しい説明 ➡ 122P

『鼻』

10分で作品を読む ➡ 36P
声に出して読む ➡ 86P
エッセイ（梨木香歩）➡ 140P
作品の詳しい説明 ➡ 113P

料理はいかがでしょうか。

『地獄変』は、美しい女性を乗せた牛車《ぎっしゃ》が燃えながら中空から地獄の底へと落ちてゆく恐ろしい構図の名画を描いた天才絵師の話。この絵のデッサンをするために、絵師は愛する娘を牛車に閉じ込めて火を放ち、焼死させてしまうのです。「人生は短く、芸術は長い」※という言葉がありますよね。不滅の価値を持つ芸術を完成させた天才絵師という名声を得たいがために、彼は人生の幸福を犠牲にしたのです。そのためには、地獄に堕《お》ちてもいいとさえ念じたのでしょう。

かなりシリアスな味わい。背筋をゾクゾクさせて召し上がれ。

『藪の中』はミステリー仕立てなのにもかかわらず、名探偵が快刀乱麻を断つ「解決」に当たる部分が見当たりません。まさに「真相は藪の中」です。

この小説の「語り手」は三人いて、一つの事件を三者三様の視点から説明する点が特徴※※。しかも、三人の語り手たちの証言

※「芸術は爆発だ！」と叫んだのは、ご存知、画家・岡本太郎。しかし、彼が名文家であったことを知る人は少ない。『青春ピカソ』の熱い文章はオススメ。

が食い違い、矛盾しているので、一つしかないはずの事件の真相が、最後まで見えてこないのです。世の中には人の数だけ見方、見え方がある。誰の目にも明らかな真実など最初からないのだ。芥川は、暗にそう言おうとしています。

甘い、辛い、苦い、酸《す》っぱいが同居した、何とも奇妙な味わいの一品に仕上がっています。気をつけて、召し上がれ。

愁《うれ》いを含んでほのかに甘く「文明開化もの」は香りも味わいもエレガント

次の皿には、「開化もの」をご用意いたしました。幕末から明治初期（いわゆる文明開化の時代）が舞台。代表作は、何と言っても『舞踏会』でしょう。新しい時代の風味を存分にお楽しみいただけます。甘さの中にほのかな苦味が漂っていて、限りなくエレガント。貴重な「口直しの一品」として、読者の好感度の高い作品です。

※※　宮部みゆきの『長い長い殺人』は一脈通じるミステリー。いくつもの財布たちが語り手になって真相をあぶりだす、という仕掛けがちょっと似ている。

『藪の中』

10分で作品を読む ➡ 42P
声に出して読む ➡ 89P
エッセイ（阿刀田高）➡ 72P
エッセイ（梨木香歩）➡ 139P

芥川は薔薇《※ばら》の花が好きだったようで、いろいろな作品に薔薇の花が出てきます。『舞踏会』のヒロインの明子も、薔薇色の舞踏服を着て、髪に薔薇の花を一輪さして、薔薇色の踊り靴をはいた若い女性。申し分なくかわいい。曰《いわ》く「ワットオの画《え》の中の御姫様のよう」。ルイ十五世の時代にフランスで花開いた文化を「ロココ芸術」といいますが、その雰囲気を明子は身につけ、惜しげもなく漂わせているのです。

打って変わって『戯作三昧《げさくざんまい》』は、幕末の大文学者・滝沢馬琴の芸術への執念を描いています。馬琴は、『南総里見八犬伝』という途方もない大長編の作者です。

短編作家である芥川が、長編作家の馬琴に共感するのは意外ですが、二人の文学者には、共通点もあったのです。それは、中国の『水滸伝《すいこでん》』をヒントに『八犬伝』が書かれたように、芥川も古今東西の作品を「下敷き」として短編を書いた。そして、腕によりをかけて材料を調理して、まったく別の料理に変貌さ

※薔薇についての最新情報で話題になったのが、サントリーが「青いバラ」を開発したニュース。最相葉月の『青いバラ』にもその経緯が紹介されている。

『戯作三昧』

10分で作品を読む ➡ 52P

せるエクセレントな技術こそが、芥川の真骨頂なのです。

「開化もの」には、ほかに『開化の殺人』『開化の良夫《おっと》』といったミステリー※※もあります。ただし芥川のことですから、単なる謎《なぞ》解きでは終わりません。「家庭生活の不幸」が隠し味になっていて、「理想の愛」がどんなに望んでも得られない近代社会の苦しみを、見事に浮かび上がらせています。

折り合わない和と洋を一つの皿に盛りつけて「切支丹《キリシタン》もの」はハイブリッドな味覚の交差点

名シェフ・芥川は、すこぶる研究熱心。料理可能な素材を求めて、日本や中国ばかりか、西洋文化にも目を向けています。日本文化が「西洋」と出会った新しい時代を描いたのが「開化もの」なら、和洋二つの文化・文明が融合したかに見えて、衝突した時代を描くのが、「切支丹もの」※※※です。

室町時代から江戸時代にかけて、南蛮人の宣教師がキリスト

※※ 明治期の風俗・文化を背景にしたミステリー作品が多いのが山田風太郎。『警視庁草紙』『明治断頭台』などの作品がある。

※※※ キリシタン文学の第一人者といえば、遠藤周作。『沈黙』は代表作。他に『海と毒薬』『女の一生』『侍』など。

教の「神」を日本に伝えました。そのとき一緒に入ってきた「悪魔」とも、日本人は親しくなってしまったのですよ。心の中に善人と悪人が同居しているのが、人間。善人を引き出したい神と、悪人を引き出したい悪魔とが、争奪戦を展開する。

短編集『奉教人の死』は、きつい煙草《たばこ》のにおいと、妖《あや》しい異国の香りが漂う一皿となっています。日本と西洋が溶け合わずに混合しているので、「和洋折衷」の味がする。それは、救済と堕落の入り交じった匂《にお》いでもあります。

表題作の『奉教人の死』は、いわゆる「男装の麗人」※。一人で男性と女性の双方の魅力を兼ね備えた人物のことです。男でもあれば女でもあるので、「両性具有」とも言い、神秘的で官能的な雰囲気が立ちこめています。

しかも、「でござる」「であろうず」などの独特の文体が、エキゾチックな味わいを倍加させています。音読して、じっくり味わいたい作品です。

※手塚治虫の漫画『リボンの騎士』やフランスのジャンヌ・ダルク、宝塚の男役の魅力にも通じる。

『奉教人の死』

♡ エッセイ（梨木香歩）➡139P

生きることの痛々しさとともに味わいたい
素《す》の芥川をさらけ出した『河童《かっぱ》・或阿呆《あるあほう》の一生』

いよいよ晩年の短編集『河童・或阿呆の一生』の出番です。この料理は、これまで食べてきた何皿かの料理とは、明らかにちがいます。第一に、シェフの卓越した技が感じられない。素材の珍しさを競うのでもなく、包丁さばきの大胆さを誇るのでもなく、細心の盛りつけ（コーディネート）を楽しむ余裕も、芥川は失っているのです。自殺前夜の心境が伝わってきます。

凝りに凝った芥川らしさが薄まっていて、こまぎれの心象風景を無造作にちぎって、ナマのままで皿の上に雑然と置いたという感じ。ところが、この皿の味わいが奇妙に心に残るのです。必死に筆を握っているのが、ひしひしと感じられるんです。

「自分は、『歯車』を何十回も読んだ」という人が多いんですよ。病的で、幻想的で、しかも詩的。そこには、芥川の「素《す》」

『歯車』

10分で作品を読む ➡ 00P
エッセイ（梨木香歩）➡ 145P
作品の詳しい説明 ➡ 128P

の心がさらけだされていて、読みながら、「ああ、痛々しい」と思わないではいられない。でも繰り返し読みたくなる作品なのです。「クセになる」味とは、まさにこのことです。

『河童』は、そういう芥川が力を振り絞って書き綴《つづ》った中編。『ガリバー旅行記』のように、語り手が、河童の国に行ってきた思い出を切々と打ち明けます。

人間の世界は、汚い。自分の幸福のために、他人を犠牲にして不幸に転落させて少しもかえりみない。金銭欲や名誉欲や性欲に取り憑《つ》かれて苦しみ、幸福に暮らしている他人を見たら嫉《しっ》妬《と》して足を引っ張る亡者《もうじゃ》たちばかり……。

近代社会の汚濁に絶望した芥川は、主人公に「もう一つの世界」である河童の国を訪問させます。しかし、河童の国に幻滅してもどってきた主人公は、人間たちとの暮らしに適応できなくなっていました。

昔話ではよく、※現実を器用に生きられない若者がユートピア

『河童』

10分で作品を読む ➡ 59P
エッセイ（梨木香歩）➡ 145P
作品の詳しい説明 ➡ 107P

に旅立ちます。そこで「宝物」を獲得して、現実世界に戻ってくる。持ち帰った宝物の力と、宝物に向かってどういう具体的な幸福を願うかという知恵の力で、たくましく現実を生き抜くのです。

でも、昔話はあくまで昔話にすぎない。近代社会は、一人の力では動かしようがないし、変えようもない。芥川はそう感じていたのでしょうか。

自殺した後に発表された『或阿呆の一生』は、三十五年の人生を、五十一の短いエピソードで振り返ったもの。「さよなら、皆さん。私は、こうするよりしかたがなかったのです」という別れの言葉が、悲鳴のように行間から聞こえてくるようです。読者は、蜘蛛の糸を切られて地獄に落ちてゆく犍陀多《かんだた》の姿や、炎上する牛車に乗って奈落《ならく》の底に落ちてゆく人間達の姿を思い出すことでしょう。

※アニメやゲームの世界にはこういう設定の物語がたくさんある。

『或阿呆の一生』

エッセイ（梨木香歩）➡116P
作品の詳しい説明➡115P

刺《とげ》まで美味《おい》しいアフォリズム デザートには『侏儒《しゅじゅ》の言葉』を

料理人がお菓子作りにも腕の冴《さ》えをみせることがあるように、短編小説の名手・芥川は、評論も巧みでした。※『侏儒の言葉・西方の人』を、最後にとくと味わって「※※芥川龍之介フルコース」を締めくくってはいかがでしょう。

『侏儒の言葉』は、「アフォリズム」と呼ばれている文学ジャンルに属します。短くて鋭い文章で、うがった角度から世間の常識に警鐘を鳴らす警句集のこと。

辛辣《しんらつ》でユーモラスな警句は、豊富な知識量と、うがった解釈力を誇る芥川の最も得意とするところ。いささか固めの料理なので、味わうためにはよく噛《か》んで咀嚼《そしゃく》されることをおすすめします。

『侏儒の言葉』

エッセイ（阿刀田高）➡69P
エッセイ（梨木香歩）➡144P
作品の詳しい説明➡130P

※「侏儒の言葉」は菊池寛が創刊した「文藝春秋」に連載された。北村薫の『六の宮の姫君』は、芥川と菊池の作品を読み解き、その心の謎に迫る。

※※東京目黒区の日本近代文学館の中にある芥川龍之介文庫には芥川家等から寄贈された遺品や蔵書等が収蔵されている。

木原武一

【きはら・ぶいち】

1941年東京都生れ。東京大学文学部卒。文筆家。著書に『大人のための偉人伝』『父親の研究』『要約 世界文学全集I・II』、翻訳書に『聖書の暗号』などがある。

10分で読む「要約」芥川龍之介

名作短編集

「鼻」（『羅生門・鼻』より）

禅智内供《ぜんちないぐ》の鼻と云《い》えば、池の尾で知らない者はない。長さは五六寸あって、上唇の上から顋《あご》の下まで下っている。形は元も先も同じように太い。細長い腸詰めのような物が、ぶらりと顔のまん中からぶら下っているのである。

五十歳になる内供は、さほど気にならないような顔をしてすましているが、内心では終始この鼻を苦に病んで来た。実際、鼻の長いのは不便だった。飯を食う時など、弟子に長さ二尺ばかりの板で鼻を持上げていて貰《もら》わねばならなかった。一度、嚔《くさめ》をした拍子に板を持つ手がふるえて、鼻が粥《かゆ》の中へ落ちてしまった話は、当時京都まで喧伝《けんでん》された。内供は実にこの鼻によって傷《きず》つけられる自尊心の為《ため》に苦しんだのである。

内供は、この長い鼻を短く見せる方法はないものかと、鏡へ向っていろいろ工夫を凝らして見たこともあった。人の鼻を物色したこともあった。自分のような鼻のある人物を見つけて、安心したかったからである。蜀漢《しょくかん》の劉玄徳《りゅうげんとく》の耳が長かったと云う事を聞いた時に、それが鼻だったら、どの位自分は心細くなくなるだろうと思った。鼻を短くする為に、烏瓜《からすうり》を煎《せん》じて飲んだり、鼠《ねずみ》の尿《いばり》を鼻へなすったりしたこともあった。しかし何をどうしても、鼻は依然としてもとのままだった。

ところが或《ある》年の秋、京へ上った弟子の僧が医者から長い鼻を短くする法を教わって来た。湯で鼻を茹《ゆ》で、それを人に踏ませると云う、極めて簡単なものであった。湯のはいった提《ひさげ》の中へ鼻を入れ、茹《うだ》った鼻を弟子が両足で踏む。内供は横になって、鼻を床板の上へのばしながら、弟子の僧の足が上下《うえした》に動くのを見ている。やがて、粟粒《あわつぶ》のようなものが鼻に出来はじめ、これが鑷子《けぬき》でぬかれた。鳥の羽の茎のような形をして、四分ばかりの長さにぬける。それから、この鼻をもう一度茹でる。

さて二度目に茹でた鼻を出して見ると、成程、何時《いつ》になく短くなっている。内供はその短くなった鼻を撫《な》でながら、弟子の差し出す鏡を、極《きま》りが悪るそうにおずおず覗《のぞ》いて見た。あの鼻は嘘《うそ》のように萎縮《いしゆく》して、僅《わずか》に上唇の上で残喘《ざんぜん》を保っている。

——こうなれば、もう誰も哂《わら》うものはないのにちがいない。

内供は満足そうに眼をしばたいた。

あくる日早く眼がさめると内供は先《まず》、第一に、自分の鼻を撫でて見た。鼻は依然として短い。内供は、法華経《ほけきよう》書写の功を積んだ時のような、のびのびした気分になった。

ところが二三日たつ中に、内供は意外な事実を発見した。池の尾の寺を訪れた侍が、前より一層可笑《おか》しそうな顔をして、じろじろ内供の鼻ばかり眺めていた事である。寺の者たちも、内供と行きちがった時、可笑しさをこらえ兼ねて吹き出すことがあった。内供は、これを自分の顔がわりのためだと解釈した。しかしどうもこれだけでは十分に説明がつかないようである。見慣れた長い鼻より、見慣れない短い鼻の方が滑稽《こっけい》に見えるのであろうか。

――前にはあのようにつけつけとは哂わなんだて。

内供は、誦《ず》しかけた経文をやめて、禿《は》げ頭を傾けながら、時々こう呟《つぶや》く事があった。内供は日毎《ひごと》に機嫌が悪くなった。二言目には、誰でも意地悪く叱《しか》りつける。なまじいに、鼻の短くなったのが、反《かえっ》て恨めしくなった。

すると或夜の事である。日が暮れてから風が出て、寒さもめっきり加わったので、老年の内供は寝つこうとしても寝つかれない。床の中でまじまじしていると、ふと鼻が何時になく、むず痒《かゆ》いのに気がついた。

翌朝、内供が何時ものように早く眼をさまして見ると、寺内の銀杏《いちょう》や橡《とち》が、一晩で葉を落としたので、庭は黄金《きん》を敷いたように明《あか》るい。忘れようとしていた或感覚が帰って来たのはこの時である。内供は慌《あわ》てて鼻へ手をやった。手にさわるものは、昨夜《ゆうべ》の短い鼻ではない。あの昔の長い鼻である。内供は一夜の中に、又元の通り長くなったのを知った。同時に、鼻が短くなった時と同じような、はればれした心もちが、どこからともなく帰って来るのを感じた。

――こうなれば、もう誰も哂うものはないにちがいない。

内供は心の中でこう自分に囁《ささや》いた。長い鼻をあけ方の秋風にぶらつかせながら。

「芋粥《いもがゆ》」（『羅生門・鼻』より）

平安朝の時代、摂政《せっしょう》藤原基経《もとつね》に仕えていた侍の中に、某《なにがし》と云う五位《ごい》があった。背が低く、赤鼻で、眼尻の下った、風采《ふうさい》の揚らない男であった。

侍所《さぶらいどころ》にいる連中は、五位に対して、殆《ほとん》ど蝿《はえ》程の注意も払わない。上役たちも頭から彼を相手にしない。同僚の侍たちは、進んで、彼を翻弄《ほんろう》しようとした。しかし、五位は何を云われても、顔の色さえ変えた事がない。同僚の悪戯《いたずら》が高じすぎると、「いけぬのう、お身たちは」と云うばかり。こうして彼は、周囲の軽蔑《けいべつ》の中で、犬のような生活を続けていかなければならなかった。

実は、五位は五六年前から、芋粥と云う物に、異常な執着を持っていた。芋粥とは山の芋を中に切込んで、それを甘葛《あまずら》の汁で煮た粥の事である。当時はこれは無上の佳味《かみ》とされ、五位の如《ごと》き人間の口へは、年に一度、臨時の客の折にしか、はいらない。その時でさえ飲めるのは、僅《わずか》に喉《のど》を沾《うるお》すに足る程の少量である。そこで、芋粥を飽きる程飲んで見たいと云う事が、久しい前から、彼の唯一《ゆいいつ》の欲望になっていた。

或年の正月二日、基経邸に所謂《いわゆる》臨時の客があって、五位も、外の侍たちにまじって、その残肴《ざんこう》に相伴した。その中に例の芋粥があった。毎年、この芋粥を楽しみにしていたが、何時も人数が多いので、自分が飲めるのはいくらもない。それが今年は、特に、少なかった。気のせいか、何時もより、余程味が好《い》い。彼は椀《わん》をしげしげと眺めながら、誰に云うともなく、「何時になったら、これに飽ける事かのう」と、こう云った。

「お気の毒な事じゃ」と、これを耳にした藤原利仁《としひと》が、軽蔑と憐憫《れんびん》とを一つにしたような声で云った。「お望みなら、利仁がお飽かせ申そう」

それから、四五日たった日の午前、加茂川の河原に沿って静に馬を進める二人の男があった。粟田口から山科《やましな》を通りすぎ、午少《ひる》しすぎた時分に、とうとう三井寺《みいでら》まで来て、午餐《ひるげ》の馳走になった。それから又、馬に乗って、途《みち》を急ぐ。

「まだ、さきでござるのう」五位が利仁に訊《たず》ねた。

「実はな、敦賀《つるが》まで、お連れ申そうと思うたのじゃ」笑いながら、利仁は鞭《むち》を挙げて遠くの空を指さした。彼は敦賀の人、藤原有仁《ありひと》の女婿《じょせい》になってから、多くは敦賀に住んでいた。もし「芋粥に飽かむ」事が、五位の勇気を鼓舞しなかったとしたら、彼は恐らく、そこから別れて、京都へ独り帰って来た事であろう。

　翌日、二人は敦賀に着いた。その日の夜、五位が利仁の館《やかた》で、寝つかれない長の夜《よ》をまじまじしていると、外で大きな声がした。

「殿の御意遊ばさるるには、明朝、卯時《うのとき》までに、切口三寸、長さ五尺の山の芋を、老若各《おのおの》、一筋ずつ、持って参る様にとある。忘れまいぞ」

　翌朝《あくるあさ》、広庭には、丸太のような山の芋が檜《ひ》皮葺《わだぶき》の軒先へつかえる程、山のように、積まれていた。大釜《おおがま》が五つ六つ、かけ連ね、白い襖《あお》を着た若い下《げ》司女《すおんな》が、何十人となく、そのまわりに動いている。皆、芋粥をつくる準備で、眼のまわる程忙しい。

　それから一時間後、五位は利仁や舅《しゅうと》の有仁と共に、朝飯に向った。前にあるのは銀《しろがね》の提《ひさげ》の一斗ばかりはいるのに、なみなみと海の如くにたたえた芋粥である。五位は先程から、芋と甘葛のにおいを含んだ湯気の柱が、釜の中から晴れた朝の空へ舞い上がって行くのを見ていた。口をつけない中から、既に満腹を感じたのは無理もない。

「芋粥に飽かれた事が、ござらぬげな。どうぞ、遠慮なく召上って下され」と有仁。

「父もそう申すじゃて。平《ひら》に、遠慮は御無用じゃ」と、利仁もすすめる。

弱ったのは五位である。始めから芋粥は一椀も吸いたくない。それを我慢してやっと半分だけ平げた。これ以上飲めば、喉を越さない中にもどしてしまう。飲まなければ、二人の厚意を無にする。彼は眼をつぶって、残りの半分を三分の一程飲み干した。

「何とも、忝《かたじけの》うござった。もう十分頂戴したて」その口髭《くちひげ》や鼻の先には玉の汗。

「これは又、御少食な事じゃ、客人は、遠慮をされると見えたぞ」

「いや、もう、十分でござる。……失礼ながら、十分でござる」

五位は、此処《ここ》へ来ない前の自分、皆に愚弄《ぐろう》されていた自分、芋粥に飽きたいと云う欲望を、唯《ただ》一人大事に守っていた、幸福な自分をなつかしく、心の中でふり返った。


「**藪《やぶ》の中**」（『地獄変・偸盗《ちゅうとう》』より）

検非違使《けびいし》に問われたる木樵《きこ》りの物語

あの死骸《しがい》を見つけたのは、わたしに違いございません。今朝何時もの通り、裏山の杉を伐《き》りに参りました。すると山陰《やまかげ》の藪の中に、あの死骸があったのです。血はもう流れてはおりません。杉の根がたに縄が一筋、それに櫛《くし》が一つございました。死骸のまわりにあったものは、この二つぎりでございます。

多襄丸《たじょうまる》の白状

あの男を殺したのはわたしです。しかし女は殺しはしません。何処へ行ったか、わたしにもわからないのです。昨日の午《ひる》少し過ぎ、あの夫婦に出会いました。ちらりと見えた女の顔が、わたしには女菩薩《にょぼさつ》のように見えたのです。その咄嗟《とっさ》の間に、たとい男は殺しても、女は奪おうと決心しました。あの夫婦と途《みち》づれになると、古塚で見つけた鏡や太刀を山の陰の藪の中に埋《うず》めてある、お望みなら安い値で売り渡したい、と云う話をしたのです。男は心を動かされ、藪の前に女一人を残して、わたしのあとについてきました。わたしは男を組み伏せ、杉の根がたへ縄で括《くく》りつけ、声を出せないように竹の落葉を頰張らせ、男が急病を起したらしいから見に来てくれと、女を藪の奥へ連れてきました。男の姿を見るや、女は小刀《さすが》を引き抜きました。あんな気性の烈《はげ》しい女は見たことがありません。女の小刀を打ち落とし、思い通り女を手に入れることが出来たのです。泣き伏した女は、突然わたしの腕に縋《すが》りつき、二人の男に恥を見せるのは、死ぬよりもつらい、どちらか一人死んでくれ、生き残った男につれ添いたい、と云うのです。わたしはたとい神鳴《かみなり》に打ち殺されても、この女を妻にしたいと思いました。卑怯《ひきょう》な殺し方はしたくなかったので、男の縄を解き、太刀打ちをしろと云いました。わたしの太刀は二十三合目に相手の胸を貫きました。振り返ると、どうです、あの女は何処にもいないではありませんか？　わたしの白状はこれだけです。

清水寺《きよみずでら》に来れる女の懺悔《ざんげ》

　その男はわたしを手ごめにしてしまうと、縛られた夫を眺めながら、嘲《あざけ》るように笑いました。夫はどんなに無念だったでしょう。わたしは夫の側へ、転ぶように走り寄りました。夫の眼に閃《ひらめ》いていたのは、怒りでも悲しみでもなければ、唯わたしを蔑《さげす》んだ、冷たい光だったではありませんか？　わたしは気を失ってしまいました。その内やっと気がついて見ると、あの男はもう何処かへ行ってしまいました。夫の眼の色は少しもさっきと変りません。冷たい蔑みの底に、憎しみの色を見せているのです。「あなた。もうこうなった上は、わたしは一思いに死ぬ覚悟です。しかしあなたもお死になすって下さい。ではお命を頂かせて下さい。わたしもすぐ、お供します」夫は脣《くちびる》を動かしました。声は聞こえませんでしたが、夫はわたしを蔑んだ儘《まま》、『殺せ』と一言云ったのです。わたしは殆ど、夢うつつの内に、夫の胸へずぶりと小刀を刺し通しました。しかしわたしには死に切る力がありませんでした。

巫女《みこ》の口を借りたる死霊の物語

盗人《ぬすびと》は妻を手ごめにすると、いろいろ妻を慰め出した。自分の妻になる気はないか？　自分はいとしいと思えばこそ、大それた真似《まね》も働いたのだ――盗人はそう云う話さえ持ち出した。こう云われると、妻はうっとりと顔を擡《もた》げた。おれはあの時程、美しい妻は見た事がない。妻は確かにこう云った。「では何処へでもつれて行って下さい」そして、おれを指さして、「あの人を殺して下さい。あの人が生きていては、あなたと一しょにはいられません」妻は何度もこう叫び立てました。この言葉には、盗人さえ色を失ってしまった。盗人は妻を一蹴《ひとけ》りに蹴倒すと、おれに「あの女をどうするつもりだ？　殺すか、それとも助けてやるか？　返事は唯頷《うなず》けば好い。殺すか？」おれはこの言葉だけでも、盗人の罪は赦《ゆる》してやりたい。おれがためらう内に妻は、何か一声叫ぶが早いか、忽《たちま》ち藪の奥へ走り出した。盗人も咄嗟に飛びかかったが、袖《そで》さえ捉《とら》えなかったらしい。盗人は一箇所だけおれの縄を切って、藪の外へ消えた。おれは縄を解きながら、じっと耳を澄ませて見た。聞こえるのはおれ自身の泣いている声だ。やっと杉の根から、疲れ果てた体を起した。おれは妻が落とした小刀を手に取ると、一突きに胸へ突き通した。苦しみは少しもない。唯胸が冷たくなると、一層あたりがしんとしてしまった。ああ、何と云う静かさだろう。そのとき誰かが忍び足に、おれの側へ来て、そっと胸の小刀を抜いた。おれはそれぎり永久に闇《やみ》へ沈んでしまった。

【編者からひとこと】
五位の某があれほど口にしたかった「芋粥」。いったいどんな味がするのであろうか。今でも当時と同じようなものが食べられるのであろうか。山の芋を煮込む「甘葛」とはどんなものなのか。現在でも入手可能なのか。芥川龍之介は芋粥を食べた上で、この短編を書いたのだろうか。編者の疑問は増えるばかりである。山芋が大好物の編者も一度「芋粥に飽いて」みたいものである。

「地獄変」（『地獄変・偸盗』より）

堀川の大殿様に二十年来御奉公申しておりましたが、地獄変の屏風《びょうぶ》の由来程、恐ろしい話はございますまい。あの屏風を描きました良秀《よしひで》は五十の阪《さか》に手がとどく、背の低い、骨と皮ばかりに痩《や》せた、意地の悪そうな老人でございました。吝嗇《りんしょく》で恥知らず、強欲で、何よりも横柄《おうへい》で高慢、本朝第一の絵師を自任していた男でございますが、たった一つ人間らしい、情愛のある所がございました。一人娘を溺愛《できあい》していた事でございます。十五になるその娘は小女房《こにょうぼう》として大殿様の御邸《おやしき》に上っておりましたが、子煩悩《こぼんのう》の一心から良秀は、娘の下るように祈っておりましたのは確《たし》かでございます。大殿様がそれをお許しにならなかったのは、あのような頑《かたく》な親の側へやるよりは御邸に置いて、何の不自由なく暮させてやろうと云《い》う難有《ありがた》い御考えだったようでございます。

地獄変の屏風と申しましても、良秀の描きましたのは、通例の地獄絵とは図取りも業火《ごうか》に焼かれている罪人も異なり、一面に紅蓮《ぐれん》大紅蓮が渦巻き、殿上人から乞食《こつじき》まであらゆる身分の人間が写されているのでございます。その中でも殊《こと》に目立って凄《すさま》じく見えるのは、中空《なかぞら》から落ちて来る一輛《りょう》の牛車《ぎっしゃ》でございましょう。その車の簾《すだれ》の中には、綺羅《きら》びやかに装った女房が、黒髪を炎の中になびかせて、白い頸《うなじ》を反らせながら、悶《もだ》え苦しんでおりますが、云わば広い画面の恐ろしさが、この一人の人物に輳《あつま》っているとても申しましょうか。地獄の阿鼻叫喚《あびきようかん》が聞こえてくるような入神の出来映えでございました。ああ、これを描く為《ため》に、あの恐ろしい出来事が起ったのでございます。

大殿様から地獄絵を描けと申す仰《おお》せを受けた良秀は、それから五六箇月の間、屏風の絵にばかりかかっておりました。弟子の話では、あの男は仕事にとりかかりますと、まるで狐《きつね》でも憑《つ》いたようになるらしゅうございます。昼も夜も一間に閉じこもったきりで、滅多に日の目も見た事はございません。ところが、下画《したえ》が八分通り出来上った儘《まま》、更に捗《はか》どる模様はございません。

或日《あるひ》、良秀が突然御邸へ参りまして、大殿様に云うには、

「唯《ただ》一つ、描けぬ所がございまする。私は、見たものでなければ描けませぬ」

「では地獄変の屏風を描こうとすれば、地獄を見なければなるまいな」

「さようでございまする。地獄の罪人や獄卒は夢現《ゆめうつつ》に何度となく私の眼に映りました」

「では何が描けぬと申すのじゃ」

「檳榔毛《びろうげ》の車が空から落ちて来る所を描こうと思っておりまする。その車の中には、一人のあでやかな上﨟《じょうろう》が猛火の中に黒髪を乱しながら、悶え苦しんでいるのでございます。どうか、檳榔毛の車を一輛、私の見ている前で、火をかけて頂きとうございまする」

「万事その方が申す通りに致して遣わそう」

それから二三日した夜の事。御庭には檳榔毛の車が置かれてありました。

「それは予が日頃乗る車じゃ。これに火をかけ、炎熱地獄を現ぜさせる心算《つもり》じゃが。その内には罪人の女房が一人、縛めた儘《いまし》、乗せてある」

鎖にかけられた女房は——良秀の娘に相違ございません。娘を乗せた檳榔毛の車が、「火をかけい」と云う大殿様の御言《おことば》と共に、仕丁たちが投げる松明《まつ》の火を浴びて炎々と燃え上ったのでございます。車の方へ駆け寄ろうとした良秀は、火が燃え上ると同時に足を止めて、食い入るばかりの眼つきをして、車をつつむ焔煙《えんえん》を吸いつけられたように眺めておりました。焔《ほのお》の中で娘が髪を口に噛《か》みながら、縛の鎖も切れるばかりに身悶えした有様は、地獄の業苦を目《ま》のあたりへ写し出したかと疑われて、私始め強《ごう》力《りき》の侍までおのずと身の毛がよだちました。御庭のまん中には唯、一輛の火の車が凄じい音を立てながら、燃え沸《たぎ》っているばかりでございます。何故大殿様が良秀の娘を御焼き殺しなすったか——車を焼き人を殺してまでも、屛風の画を描こうとした絵師根性の曲《よこしま》なのを懲らす御心算《おつもり》だったのに相違ございません。

その後一月ばかり経《た》って、地獄変の屛風が出来上りました。それ以来、あの男を悪く云うものは殆ど一人もいなくなりました。誰でもあの屛風を見るものは、不思議に厳《おごそ》かな心もちに打たれて、炎熱地獄の大苦艱《だいくげん》を如実《にょじつ》に感じるからでもございましょうか。良秀は屛風の出来上った次の夜に、自分の部屋で縊《くび》れ死んだのでございます。一人娘を先立て、安閑として生きながらえるのに堪えなかったのでございましょう。

「杜子春《とししゅん》」（『蜘蛛《くも》の糸・杜子春』より）

或春の日暮です。唐の都洛陽《らくよう》の西の門の下に、ぼんやり空を仰いでいる、一人の若者がありました。名を杜子春といって、元は金持の息子でしたが、今は財産を費《つか》い尽して、その日の暮しにも困る位、憐《あわれ》な身分になっているのです。一人の老人が彼の前で足を止め、「お前は何を考えているのだ」と、横柄《おうへい》に言葉をかけました。

「私は今夜寝る所もないので、どうしたものかと考えているのです」と、杜子春が答えると、老人は往来にさしている夕日を指さしながら、

「おれが好《い》いことを教えてやろう。お前の影の頭に当る所を夜中に掘って見るが好い。きっと車一ぱいの黄金が埋まっている筈《はず》だから」

「ほんとうですか」杜子春が驚いて眼を挙《あ》げた時、老人の姿は消えていました。

その老人の言葉通り、大きな車に余る位、黄金が出て来て、杜子春は一日の内に、洛陽一の大金持になりました。すぐに立派な家《うち》を買って、玄宗皇帝《げんそうこうてい》にも負けない位、

贅沢《ぜいたく》な暮しを始めました。ところが三年目の春、杜子春は以前の通り、一文無しになって、あの洛陽の西の門の下に立っていました。すると、一人の老人があらわれ、

「お前は何を考えているのだ」と、声をかけるではありませんか。そして、影の胸に当る所を掘れば、車一ぱいの黄金が埋まっていると云って消えました。杜子春は忽《たちま》ち天下第一の金持に返りましたが、三年で黄金はすっかりなくなってしまいました。

「お前は何を考えているのだ」又もや老人があらわれ、「お前の影の腹に――」と言いかけると、杜子春はその言葉を遮《さえぎ》りました。

「お金はもういらないのです。薄情な人間というものに愛想がつきました。あなたの弟子になって、仙術の修業をしたいと思うのです」

「おれは峨眉山《がびさん》に棲《す》む、鉄冠子《てっかんし》という仙人だ。おれの弟子にとり立ててやろう」

鉄冠子は青竹を一本拾い上げ、呪文《じゅもん》を唱えながら杜子春とそれに跨《また》がって、峨眉山に舞い下《さが》りました。深い谷に臨んだ一枚岩の上でした。

「おれはこれから天上へ行って来るが、どんなことが起ろうとも、決して声を出すのではないぞ。もし一言でも口を利《き》いたら、仙人にはなれないものだと覚悟をしろ」

「決して声なぞは出しはしません。命がなくなっても、黙っています」

杜子春はたった一人、岩の上に坐《すわ》ったまま、静《しずか》に星を眺めていました。すると、突

然、空中に「そこにいるのは何者だ」と声がしました。杜子春が黙っていると、「返事をしないと、命はないものと覚悟しろ」と嚇《おど》しつけるのです。なおも黙っていると、虎《とら》と大きな白蛇《はくだ》が杜子春に飛びかかってきました。しかしその一瞬、虎と蛇は霧の如《ごと》く消え失せ、今度は、金の鎧《よろい》の、身の丈三丈もあろうという神将が現れ、「どうしても返事をしなければ、命はとってやるぞ」と、三叉《みつまた》の戟《ほこ》で杜子春を突き殺しました。

地獄の底へ下りて行った杜子春の魂は、剣《つるぎ》の山や血の池、焦熱地獄、極寒地獄など、あらゆる責苦に遇《あ》わされましたが、一言も口を利きませんでした。さすがの閻魔《えんま》大王も眉《まゆ》をひそめ、「畜生道に落ちている、この男の父母《ちちはは》を引き立てて来い」と命じました。見すぼらしい二匹の痩せ馬の顔は、夢にも忘れない、死んだ父母の通りでした。

「打て。鬼ども。その二匹の畜生を、肉も骨も打ち砕いてしまえ」と、閻魔大王は凄じい声で喚《わめ》きました。鬼どもは鉄の鞭《むち》で四方八方から未練未釈なく打ちのめしました。馬は苦しそうに身を悶《もだ》え、眼に血の涙を浮べ、嘶《いなな》き立てました。杜子春は仙人の戒めも忘れ、半死の馬の頸《くび》を抱いて、「お母《つか》さん」と一声叫びました。

その声に気がついて見ると、杜子春はやはり夕日を浴びて、洛陽の西の門の下にぼんやり佇《たたず》んでいるのでした。老人は微笑《ほほえ》みながら言いました。

「どうだな。とても仙人にはなれはすまい。もしお前が黙っていたら、即座にお前の命を絶ってしまおうと思っていたのだ。お前はこれから何になったら好《い》いと思うな」

「何になっても、人間らしい、正直な暮しをするつもりです」

「その言葉を忘れるなよ。今日限り、二度とお前には遇《あ》わないから」歩きかけた鉄冠子は足を止めて、さも愉快そうにつけ加えました。「おお、幸《さいわい》、今思い出したが、おれは泰山《たいざん》の南の麓《ふもと》に一軒の家を持っている。その家を畑ごとお前にやるから、早速行って住まうが好い。今頃は丁度家のまわりに、桃の花が一面に咲いているだろう」


「戯作三昧《げさくざんまい》」（『戯作三昧・一塊《いっかい》の土』より）

天保二年九月の或午前である。神田同朋町《どうぼうちょう》の銭湯松の湯では、朝から不相変《あいかわらず》客が多かった。その中に六十あまりの老人が一人あった。眼が少し悪いらしいが、痩せてはいるものの、骨組みのしっかりした体格で、皮のたるんだ手や足にも、どこかまだ老年に抵抗する底力が残っている。老人の耳に誰かのこんな言葉が聞こえてきた。

「大きな事を云ったって、馬琴なんぞの書くものは、みんなありゃ焼直しでげす。早い話が八犬伝は、手もなく水滸伝《すいこでん》の引写しじゃげえせんか。それも京伝の二番煎《せん》じと来ちゃ、呆《あき》れ返って腹も立ちゃせん」

馬琴は自分の読本《よみほん》に対する悪評は、成《な》る可《べ》く読まないように心がけて来たが、一方には、それを読んで見たいと云う誘惑がないわけでもない。洗湯を出た時の馬琴の気分は、沈んでいた。「しかし」と、彼は気を取り直した。「己《おれ》の八犬伝は必ず完成するだろう。そうしてその時は、日本が古今に比倫のない大伝奇を持つ時だ」

内へ帰って見ると、家内は皆留守で、下女の杉が来客を告げた。本屋の和泉屋《いずみや》市兵衛は、馬琴の顔を見るや、獄門になった評判の高い大賊、鼠《ねずみ》小僧次郎太夫《じろだゆう》の話をしゃべり出した。盗みにはいった大名屋敷が七十六軒、盗んだ金が三千百八十三両二分だと云う和泉屋の話に、馬琴は思わず好奇心を動かした。

「如何《いかが》でございましょう。金瓶梅《きんぺいばい》の方へ、この次郎太夫を持ちこんで、御執筆を願うような訳には参りますまいか」

市兵衛の計に乗って、幾分の好奇心を動かした自分が莫迦々々《ばかばか》しくなって、馬琴は機嫌を損ね、執筆を断った。

和泉屋市兵衛を逐《お》い帰した馬琴は、今更のように世間の下等さを思出した。下等な世間に住む人間の不幸は、その下等さに煩《わずら》わされて、自分も亦《また》下等な言動を、余儀なくさせられる所にある。独りで寂しい昼飯をすませ、書斎で久しぶりに水滸伝を開いていると、渡辺崋山《かざん》が尋ねて来た。

「八犬伝は不相変《あいかわらず》、捗《はか》がお行きですか」

「一向捗どらんで仕方がありません。併《しか》しどうしても、これで行ける所迄《まで》行くより外はない。そう思って、私はこの頃八犬伝と討死の覚悟をしました」

「それは私の絵でも同じ事です。どうせやり出したからには、私も行ける所までは行き切りたいと思っています」

「御互に討死ですかな」

二人は声を立てて笑ったが、そこには二人にしかわからない或寂しさが流れていた。

崋山が帰ると、馬琴は八犬伝の稿をつぐべく、何時ものように机へ向った。昨日書いた所を読み返すのが、昔からの習慣である。何故か書いてある事が、自分の心もちとぴったり来ない。そこにあるのは、何等の映像をも与えない叙景、何等の感激をも含まない詠嘆ばかりだった。「自分はさっきまで、本朝に比倫を絶した大作を書くつもりでいた。が、それもやはり事によると、人並に己惚《うぬぼ》れだったかも知れない」

その時、後の襖《ふすま》がけたたましく開け放され、孫の太郎が馬琴の膝《ひざ》の上へ勢よくとび上った。皺《しわ》だらけな顔に、別人のような悦《よろこ》びが輝いた。

「あのね、お祖父《じい》様にね」太郎は、突然こう云い出した。「よく毎日《まいんち》、御勉強なさい。ええと、癇癪《かんしゃく》を起しちゃいけませんって。それから、辛抱おしなさいって」

「誰がそんな事を云ったのだい」

「浅草の観音様《かんのんさま》がそう云ったの」

馬琴の心に、厳粛な何物かが刹那《せつな》に閃《ひらめ》いたのは、この時である。幸福な微笑が浮んだ。それと共に彼の眼には、何時か涙が一ぱいになった。

その夜、馬琴は薄暗い円行燈《まるあんどん》の下で、八犬伝の稿をつぎ始めた。頭の中でかすかな光のように動いていたものが、筆が進むにつれ、次第に大きさを増し、筆は自《おのずか》ら勢を生じ、一気に紙の上を辷《すべ》りはじめる。彼は神人と相搏《あいう》つような態度で、殆ど必死に書きつづけた。一切を忘れながら、嵐《あらし》のような勢で筆を駆った。そこにあるのは、唯不可思議な悦び、恍惚《こうこつ》たる悲壮の感激、戯作三昧の心境である。

その頃、茶の間では姑《しゅうと》のお百と嫁のお路とが、向い合って縫物を続けていた。

【編者からひとこと】

滝沢馬琴が大長編小説『南総里見八犬伝』に着手したのは四十八歳のときで、ここに描かれた天保二年の馬琴は六十五歳。『八犬伝』の完成までには、さらに十年を要したが、この三年後に右眼の視力が完全に失われ、さらにその後、左の眼もほとんど見えなくなる。嫁のお路の助力によって大作を完成させた感動的な物語は、『八犬伝』のあとがき「回外剰筆」に詳しく記されている。

「玄鶴《げんかく》山房」（『河童《かっぱ》・或阿呆《あるあほう》の一生』より）

「玄鶴山房」は小ぢんまりと出来上った、奥床しい門構えの家だった。主人の堀越玄鶴は画家としても多少知られていたが、資産を作ったのはゴム印の特許を受けた為《ため》だった。婿《むこ》の重吉は銀行に勤めていて、家に帰ると必ず、玄鶴が肺結核で床に就いている「離れ」に顔を出して、「唯今《ただいま》」とか「きょうは如何《いかが》ですか」とか言葉をかけた。

それから重吉は茶の間の隣りにやはり床に就いている姑《しゅうとめ》のお鳥を見舞った。お鳥は、七八年前から腰抜けになり、便所へも通えない体になっていた。

重吉は茶の間で洋服を和服に着換え、楽々と長火鉢の前に坐《すわ》り、安い葉巻を吹かした。彼はいつも妻のお鈴や今年やっと小学校にはいった一人息子の武夫とチャブ台を囲んで食事をした。近頃、彼らの食事は賑《にぎや》かで、どこか窮屈にもなった。それは唯《ただ》玄鶴につき添う甲野と云《い》う看護婦の来ている為だった。

「玄鶴山房」の夜は静かだった。重吉夫婦は大抵は十時には床に就くことにしていた。その後でもまだ起きているのは九時前後から夜伽《よとぎ》をする看護婦の甲野ばかりだった。甲野は玄鶴の枕《まくら》もとに赤あかと火の起った火鉢を抱え、居睡りもせずに坐っていた。

或《ある》雪の晴れ上った午後、二十四五の女が一人、か細い男の子の手を引いて、堀越家の台所へ顔を出した。この五六年以来、玄鶴が公然と囲って置いた女中上りのお芳《よし》だった。男の子は玄鶴がお芳に生ませた文太郎だった。玄鶴は今年の冬以来、どっと病の重った為に妾宅《しょうたく》通いも出来なくなると、重吉が持ち出した手切れ話に存外素直に承諾した。お芳は千円の手切れ金を貰《もら》い、月々文太郎の養育費として若干の金を送って貰うと云う条件で話が決り、玄鶴の看病に上りたいと云うお芳の申し出も承諾された。

「じゃ一週間位はいてくれられるの？」とお鈴が訊《き》くと、

「はい、こちら様さえお差支《さしつか》えございませんければ」とお芳は答えた。

お芳が泊まりこむようになってから、一家の空気は目に見えて険悪になるばかりだった。それはまず武夫が文太郎をいじめることから始まっていた。

看護婦の甲野は職業がら、冷やかにこのありふれた家庭的悲劇を眺めていた、と云うよりも寧《むし》ろ享楽《きょうらく》していた。彼女の過去は暗いものだった。彼女は病家の主人だの病院の医師だのとの関係上、何度一塊の青酸加里《カリ》を嚥《の》もうとしたことだか知れなかった。この過去はいつか彼女の心に他人の苦痛を享楽する病的な興味を植えつけていた。

玄鶴はだんだん衰弱して行った。永年の病苦は勿論《もちろん》、背中から腰へかけた床ずれの痛みも烈《はげ》しかった。お芳の去った後《のち》は恐しい孤独を感じた上、長い彼の一生と向い合わない訣《わけ》には行かなかった。玄鶴の一生は如何《いか》にも浅ましい一生だった。成程ゴム印の特許を受けた当座は比較的彼の一生でも明るい時代には違いなかった。しかしそこにも儕輩《さいはい》の嫉妬《しっと》や利益を失うまいとする焦燥の念は絶えず彼を苦しめていた。年の若いお芳に惹《ひ》かれてはいたものの、少くともこの一二年は何度内心にお芳親子を死んでしまえと思ったか知れなかった。

「何、この苦しみも長いことはない。お目出度《めでた》くなってしまいさえすれば……」

これは玄鶴にも残っていたたった一つの慰めだった。彼は心身に食いこんで来るいろいろの苦しみを紛らす為に楽しい記憶を思い起そうとした。少しでも明るい一面があるとすれば、それは唯何も知らない幼年時代の記憶だけだった。彼は度たび夢うつつの間に彼の両親の住んでいた信州の或《ある》山峡の村を思い出した。が、その記憶もつづかなかった。玄鶴はいつか眠ることにも恐怖に近い不安を感ずるようになった。

「甲野さん、わしはな、久しく褌《ふんどし》をしめたことがないから、晒《さら》し木綿を六尺買わせて下さい。しめるのはわしが自分でしめます。ここへ畳んで置いて行って下さい」

玄鶴はこの褌に縊《くび》れ死ぬことを便りにやっと短い半日を暮した。しかし床の上に起き直ることさえ人手を借りなければならぬ彼にはその機会も得られなかった。

もう夜の十時ごろだった。

「わしはな、これからひと眠りします。あなたもご遠慮なくお休みなすって下さい」

甲野は妙に玄鶴を見つめ、こう素っ気ない返事をした。

「いえ、わたくしは起きておりますこれがわたくしの勤めでございますから」

玄鶴は彼の計画も甲野の為に看破《みやぶ》られたのを感じた。翌日の正午前、寝汗だらけになって玄鶴は目を醒《さ》ました。「離れ」には誰も来ていなかった。それは何ものかに「今だぞ」とせかれている気もちだった。玄鶴はそっと褌を引き寄せ、頭に巻きつけると、両手にぐっと引っぱるようにした。そこへ丁度顔を出したのが武夫だった。「やあ、お爺《じい》さんがあんなことをしていらあ」武夫は一散に茶の間へ走って行った。

一週間ばかりたった後、玄鶴は家族たちに囲まれたまま、肺結核の為に絶命した。

「河童」(『河童・或阿呆の一生』より)

これは或精神病院の患者、第二十三号が誰《たれ》にでもしゃべる話である。……

三年前の夏のことです。僕は上高地の温泉宿から梓《あずさ》川を溯《さかのぼ》って穂高山へ登ろうとしました。登るにつれ、霧は深くなるばかりでした。谷の水ぎわの岩に腰かけ、食事をしていると、画《え》にある通りの河童が珍らしそうに僕を見おろしていました。僕はその河童を追いかけ、滑かな河童の背中にやっと指先がさわったと思うと、忽《たちま》ち深い闇《やみ》の中へまっ逆さまに転げ落ちました。

気がついて見ると、僕は仰向けに倒れたまま、大勢の河童にとり囲まれていました。

僕は担架にのせられて、チャックと云う医者の家に運ばれました。そして、この国の法律の定める所により「特別保護住民」としてチャックの隣に住むことになり、毎日、河童の言葉を習いました。河童がどう云う動物かと云えば、手足に水掻《みずか》きがついていて、頭に短い毛が生え、身長は一メエトル程、それから頭のまん中には楕円《だえんけい》形の皿があり、その皿は年齢によりだんだん固さを加えるようです。一番不思議なのは河童の皮膚が周囲の色と同じ色に変ってしまうことです。

それより不思議だったのは、河童は我々人間の真面目《まじめ》に思うことを可笑《おか》しがる、同時に我々人間の可笑しがることを真面目に思う——こう云うとんちんかんな習慣です。たとえば我々人間は正義とか人道とか云うことを真面目に思う、しかし河童はそんなことを聞くと、腹をかかえて笑い出すのです。

忘れられないのはトックと云う河童です。トックは河童仲間の詩人で、詩人が髪を長くしていることは我々人間と変りません。この詩人に「時に君は社会主義者かね？」と訊かれて、僕がqua（これは河童語で「然《しか》り」と云う意味です）と答えると、

「では百人の凡人の為に甘んじて一人の天才を犠牲にすることも顧みない筈《はず》だ」

「では君は何主義者だ？」

「僕か？　僕は超人（直訳すれば超河童です）だ」

トックは昂然《こうぜん》と言い放ちました。トックの信ずる所によれば、芸術は何ものの支配をも受けない、芸術の為の芸術である、従って芸術家たるものは何よりも先に善悪を絶した超人でなければならぬと云うのです。僕はトックと一しょに度たび超人倶楽部《クラブ》へ遊びに行きました。この倶楽部に集まって来るのは、詩人、小説家、戯曲家、批評家、画家、音楽家、彫刻家などで、いずれも超人です。

硝子《ガラス》会社の社長のゲエルは資本家中の資本家で、恐らくはこの国の河童の中でも彼ほど大きな腹をした河童は一匹もいなかったでしょう。そのゲエルから、その頃天下を取っていた Quorax 党内閣のことなどを聞きました。「河童全体の利益」を標榜《ひょうぼう》する、このクオラックス党を支配していたのがロッペという政治家です。

「そのロッペを支配しているのが Pou-Fou 新聞社長のクイクイです。が、クイクイも彼自身の主人と云う訳には行きません。クイクイを支配しているものはあなたの前にいるゲエルです。しかし更に厄介なことにはゲエル自身さえ他人の支配を受けているのです。それはわたしの妻ですよ。美しいゲエル夫人ですよ」

僕はゲエルから、河童の国にも戦争があったことを知りました。隣国のある限りは戦争はなくならず、河童はいつも獺《かわうそ》を仮想敵にしていると云うことです。

河童の国にも「近代教」、別名「生活教」という宗教があって、その大寺院の長老によると、「食えよ、交合せよ、旺盛に生きよ」というのがその教えだそうです。聖徒として、あらゆるものに反逆したストリントベリイ、超人に救いを求めたニイチェ、誰よりも苦行をしたトルストイなどがまつられていました。

この国にいることも憂鬱《ゆううつ》になって来て、人間の国へ帰りたいと思いましたが、いくら探しても僕の落ちた穴は見つかりません。街はずれに住む或年をとった河童に相談するといいと云われ、出かけて行きました。しかしそこには頭の皿も固まらない、やっと十二三の河童がいるだけでした。実はそれが年とった河童だったのです。

「わたしはどう云う運命か、生れた時には白髪頭をしていたが、それからだんだん年が若くなり、今ではこんな子供になったのだよ。わたしは若い時は年よりだったし、年をとった時は若いものになっている。それで年よりのように慾《よく》にも渇かず、若いもののように色にも溺《おぼ》れない。一番の仕合せは生まれた時に年よりだったことだ」

僕はその河童の住む家の天窓から人間の国へ戻ることが出来ましたが、一年ほどして、又河童の国へ帰りたいと思いました。僕はそっと家《うち》を脱《ぬ》け出し、中央線の汽車へ乗ろうとしました。そこを生憎《あいにく》巡査につかまり、病院へ入れられたのです。いまでは医者のチャックをはじめ、河童たちが僕を見舞いによく来ます。

「歯車」(『河童・或阿呆の一生』より)

僕は或知り人の結婚披露式につらなる為に、東海道線の或停車場へ自動車を飛ばした。乗り合わせた理髪店の主人がこう云った。

「妙なこともありますね。××さんの屋敷には昼間でも幽霊が出るって云うんですが。一番多いのは雨のふる日で、レエン・コオトを着た幽霊だって云うんです」

上り列車は二三分前に出たばかりだった。待合室のベンチにはレエン・コオトを着た男が一人ぼんやり外を眺めていた。

僕は駅からホテルへ歩いて行った。往来の両側に立っているのは大抵大きいビルディングだった。僕はそこを歩いているうちにふと松林を思い出した。のみならず僕の視野のうちに妙なものを見つけ出した。絶えずまわっている半透明の歯車だった。歯車は次第に数を殖やし、半ば僕の視野を塞《ふさ》いでしまう。暫《しば》らくの後には消え失せる代りに今度は頭痛を感じはじめる。僕は又はじまったなと思った。ホテルの玄関へはいった時にはもう歯車は消え失せていた。が、頭痛はまだ残っていた。

結婚披露式の晩餐《ばんさん》はとうに始まっていた。僕の心もちは明るい電燈《でんとう》の光の下にだんだん憂鬱になるばかりだった。やっと晩餐のすんだ後、僕は部屋へこもる為に人気のない廊下を歩いて行った。廊下は僕にはホテルよりも監獄らしい感じを与えるものだった。僕は机の前に腰をおろし、鞄《かばん》から原稿用紙を出して、或短編を続けようとした。そこへ突然、僕の姉の娘から電話がかかってきた。姉の夫が轢死《れきし》したと云う。自殺だった。しかも季節に縁のないレエン・コオトをひっかけていた。

ホテルの部屋に午前八時頃に目を醒《さ》ました。が、ベッドをおりようとすると、スリッパアは不思議にも片っぽしかなかった。それはこの一二年、いつも僕に恐怖だの不安だのを与える現象だった。僕はベルを押して給仕を呼び、スリッパアの片っぽを探して貰うことにした。給仕はけげんな顔をしながら、狭い部屋の中を探しまわった。

「ここにありました。このバスの部屋の中に。」

廊下はきょうも不相変牢獄《あいかわらずろうごく》のように憂鬱だった。鼠《ねずみ》かも知れません」の映った雪解けの道を姉の家に向った。轢死した姉の夫は汽車の為に顔もすっかり肉塊になり、僅かに唯口髭《くちひげ》だけ残っていたとか云うことだった。

銀座通りへ出た時には日の暮も近づいていた。僕は両側に並んだ店や目まぐるしい人通りに一層憂鬱にならずにはいられなかった。殊《こと》に往来の人々の罪などと云うものを知らないように軽快に歩いているのは不快だった。僕はいつか曲り出した僕の背中に絶えず僕をつけ狙《ねら》っている復讐の神を感じながら、人ごみの中を歩いて行った。

ホテルに帰ったのはもうかれこれ十時だった。右の目が半透明の歯車を感じ出した。

頭痛のはじまることを恐れ、〇・八グラムのヴェロナァルを嚥《の》み、眠ることにした。

僕は東海道線の或停車場から家に自動車を飛ばした。運転手はなぜかこの寒さに古いレエン・コオトをひっかけていた。僕はこの暗合を無気味に思い、努めて彼を見ないように窓の外へ目をやることにした。すると向うに葬式が一列通るのを見つけた。

やっと家に帰った後《のち》、僕は妻子や催眠薬の力により、二三日は可也《かなり》平和に暮らした。

或生暖かい曇天の午後、僕は妻の実家へ行き、庭先の籐椅子《とういす》に腰をおろした。

「静かですね。ここでもうるさいことはあるのですか？」

「だってここも世の中ですもの」

妻の母はこう言って笑っていた。その時、僕等を驚かしたのは烈しい飛行機の響きだった。僕は思わず空を見上げ、松の梢《こずえ》に触れないばかりに舞い上った単葉の飛行機を発見した。鶏や犬はこの響きに驚き、それぞれ八方へ逃げまわった。妻の母の家を後ろにして、僕は松林の中を歩きながら、じりじり憂鬱になって行った。なぜあの飛行機はほかへ行かずに僕の頭の上を通ったのであろう？　海は低い砂山の向うに一面に灰色に曇っていた。砂山にはブランコのないブランコ台が一つ突っ立っていた。僕は忽ち絞首台を思い出した。その上には鴉《からす》が二三羽とまっていた。

何ものかの僕を狙っていることは一足毎《ごと》に僕を不安にし出した。そこへ半透明な歯車も一つずつ僕の視野を遮《さえぎ》り出した。僕は愈《いよいよ》最後の時の近づいたことを恐れた。僕は動悸《どうき》の高まるのを感じ、立ち止まろうとしたが、誰かに押されるように立ち止まることさえ容易ではなかった。三十分後、僕は二階に仰向けになり、烈しい頭痛をこらえていた。僕の様子を見て、「何だかお父さんが死んでしまいそうな気がして」と妻が肩を震わしていた。

それは僕の一生の中でも最も恐しい経験だった。――僕はもうこの先を書きつづける力を持っていない。こう云う気もちの中に生きているのは何とも言われない苦痛である。誰か僕の眠っているうちにそっと絞め殺してくれるものはないか？

【編者からひとこと】

『河童』に、自殺した詩人のトックがあの世で芭蕉《ばしょう》に遇《あ》い、「古池や蛙《かわず》飛びこむ水の音」という有名な俳句を批評する一節がある。「蛙」を「河童」に変えて、「古池や河童飛びこむ水の音」としたら一層すばらしい句になっていただろうというのが彼の見方である。河童ならではの批評である。河童が飛びこむとなると、おそらく蛙何十匹分かのにぎやかな水の音がすることであろう。

芥川龍之介ミニ・アルバム

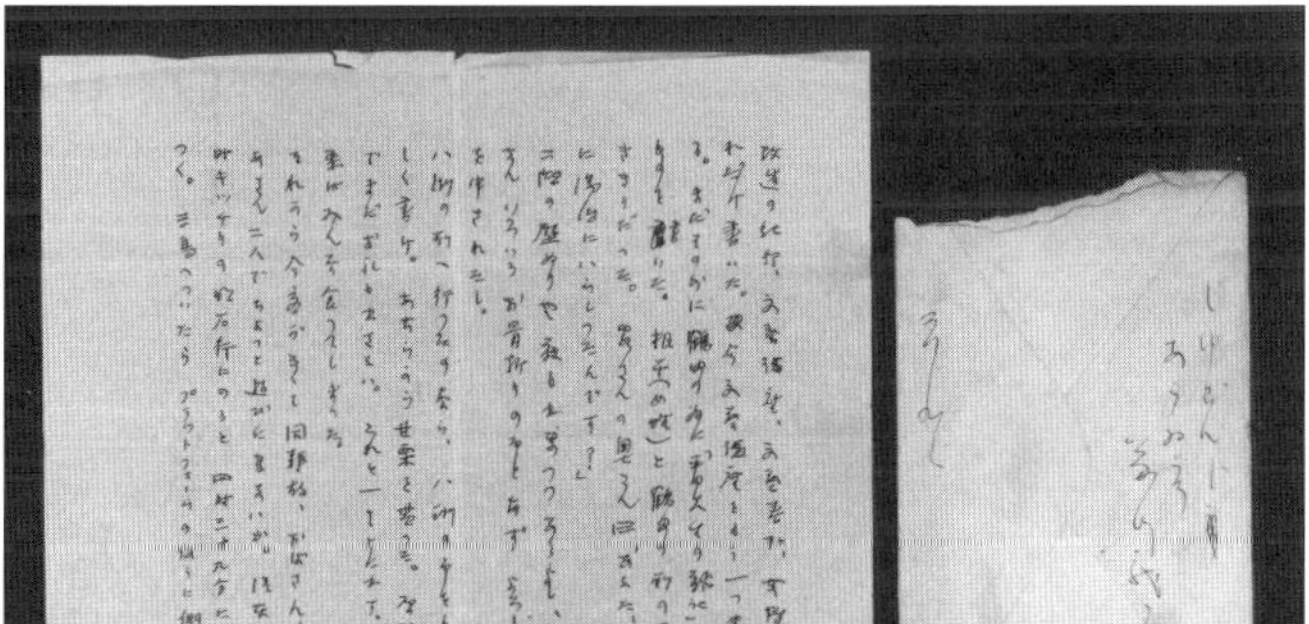

上左・大正十年頃「新文学」口絵の芥川龍之介
上右・「スタア」。当時の高級国産巻煙草（『歯車』にも登場。芥川はヘビースモーカーだった）
中・大正十四年　妻・文への手紙
下・化物帖より「のっぺらぼう」「一目怪」

ここから入ろう　短編小説の典型

阿刀田　高

あとうだたかし　一九三五年、東京生れ。早稲田大学文学部卒。『ナポレオン狂』『新トロイア物語』『コーランを知っていますか』など。

もしすでに、だれか好きな作家がほかにいるならば、私はなにも言わない。その作家の作品をどんどん捜して読んでほしい。

が、もし、それとはべつにこれから日本文学の名作をあらたに楽しみたいというのなら、とりあえず芥川龍之介《あくたがわりゅうのすけ》を勧めたい。まず芥川の作品は短い。初めから長いのはつらいものだ。そして、これがおもしろい。

歴史物なら『羅生門』『地獄変』『藪《やぶ》の中』あたりがお手ごろだ。『運』も微妙におもしろい。童話風のものなら『杜子春《とししゅん》』『魔術』『蜘蛛《くも》の糸』、それから『蜜柑《みかん》』や『トロッコ』『沼地』は作文のお手本みたいな味わいだ。

読み終えて、

――ふふん、こういうものの見方、感じ方もあるんだ――

とウィットを感じるためなら『煙草《たばこ》と悪魔』『首が落ちた話』『戯《げ》作三昧《さくざんまい》』『鼠小僧《ねずみこぞう》次郎吉』『尾生《びせい》の信《しん》』を挙げておこう。

ちょっと艶《つや》っぽいのは『お富の貞操《ていそう》』『葱《ねぎ》』『好色』『世之助の話』。ユーモアも漂っている。『糸女覚え書』も候文《そうろうぶん》の魅力とあいまって、つややかなものが感じられる。

『秋』は古典的な男女関係をほのかにうたいあげて快い。

ひと理屈こねたいなら、まず『侏儒《しゅじゅ》の言葉』『河童《かっぱ》』『或阿《あるあ》呆《ほう》の一生』。キリスト教に関心があるなら『西方《さいほう》の人』。そして文字通りの雑記ながら『澄江堂《ちょうこうどう》雑記』も、ところどころに興味深い指摘がある。澄江堂は芥川龍之介の号で、

「号って、なに？」

なんて言われては困る。学者や作家が本名のほかに用いる名前のこと。書画のサインなどに使う。この『澄江堂雑記』そのものの中に〝僕になぜ澄江堂などと号するかと尋ねる人がある。なぜと言うほどの因縁はない。唯《ただ》いつか漫然と澄江堂と号してしまったのである。いつか佐佐木茂《も》索《さく》君は「スミエと言う芸者に惚《ほ》れたんですか？」と

言った。が、勿論《もちろん》そんな訣《わけ》でもない。僕は時時本名の外に入《い》らざる名などをつけることはよせば好《よ》かったと思っている〟

とあって、私はわけもなくおかしいけれど、あなたは、

――べつに――

と思うかもしれない。このあたりまで来ると、好みが分かれるだろう。

小説は文章、思想、構成から成り立っている。文章は当然よい文章でなければいけない、と、それはその通りなのだが、いったいよい文章とはなんなのか、これが悩ましい。美しい文章、明快な文章、含蓄のある文章、力強い文章、つややかな文章、わけもなく味わいの深い文章……。ときには悪文に近いものが魅力となることもある。まことに厄介なしろものだ。

要はその作家にふさわしい文章、作品内容を的確に表わしている文章を、よいとするのだろうが、とにかく小説である以上、なんらかの意味で水準を越えたよい文章で書かれていることが肝要だ。

芥川龍之介はもちろん名文家だ。現代では少し古めかしい文章に映るだろうが、こ

のくらいは（新潮文庫ではルビつき、新仮名づかいに換えられていることだし）慣れて親しんでほしい。語彙《ごい》も豊富になるし、芥川が豊かで確かな表現を駆使していることは疑いない。さらに言えば芥川の文章に親しむことが、これより古い名作を……たとえば谷崎潤一郎《じゅんいちろう》や夏目漱石《そうせき》や森鷗外《おうがい》を読む手がかりとなる。この意味でも芥川から第一歩を踏むのがよい、と私は思う。

小説を成り立たせるものとして思想を挙げたが、もっと軽く思案とか考えとか言ったほうがよいかもしれない。マルクスの思想などという用法とはおおいにちがう。小説というものは、作品を通して読者に訴えたいなにかを含んでいるものだ。読者の側に立てば、

――この小説、なにが言いたいのかな――

という問いかけがあって、その〝なにが〟に相当するものを、ここで思想と表現してみた。少し大げさかもしれない。遠大な思想を含む小説もあるけれど、多くはちょっとした考え、感想、意見のようなもの、作者からのメッセージである。困ったことにときにはこの〝なにが〟を含まない小説もある。推理小説の女王アガサ・クリスティのミステリーなどは、トリックのおもしろさが主体であり、とくに読者に訴えたい

思想があるとは思えない。

というわけで小説の思想も多種多様で、わかりにくいところもあるのだが、これがまた芥川龍之介においては明解なのである。

『地獄変』を読めば、

――芸術こそが人生にとって一番大切なものだって人がいるんだよな。芸術至上主義ってやつかな――

と作者からのメッセージを理解できる。

『藪の中』を読めば、

――同じ出来事でも立場によって、ずいぶんちがって見えるんだな――

と納得し、情報に接する心構えが培《つちか》われる。

『鼠小僧次郎吉』を読めば、

――だれでもこういう自慢をしてみたくなるとこ、あるよな――

と、人間観察を教えてくれる。

りっぱな小説と称されるものの中には、なにが言いたいのかわかりにくいものもあって、慣れないうちは困ってしまうけれど、芥川にはそれが少ない。作品に託されているメッセージがわかりやすく、気がきいていて、親しみやすいのだ。

最後に構成。これは読者におもしろさを感じさせる構造のことだ。つまり、小説はただのお話とはちがう。ノンベンダラリと語られるものとは一線を画している。どういう順序で話を伝えたらいいか、詳細に描いたり省略したり、特別な味つけをしたり、べつなものを加えたり、どんでん返しを用意したり、いろいろな技法が用いられる。そのことによって、話が一層おもしろくなり、感動的になる。これが大切なことは充分におわかりいただけるだろう。

とはいえ、ここにもまたいろいろな技があり、まるでなんの工夫もないように素朴に書いているケース（実はそれが一番の技となっているのだが）もあるし、複雑な技巧をこらしたものもある。

芥川はこの点においても、わかりやすく、鮮かな技術を盛り込む作家であった。大技ではないが、ほどがよい。よく決まる。

――なるほど。いいね――

と思わせてくれるものを持っている。

『蜜柑』を読めば、前半の苛立《いらだ》ちと結末のほほえましさが、みごとに構成されているなんとことに気がつく。

ふたたび『藪の中』を例に引けば、このモノローグ（独白）だけの構成は、なんとよくできていることか。

『魔術』のどんでん返しは、文章の巧みさもあって現実感に溢《あふ》れている。

『トロッコ』や『尾生の信』のように、最後にスルリと今の自分自身の感情をそえ、深みを作る構成も味わい深い。

『秋』は、なにげないけれど人生の哀歓と秋の気配を漂わせて淀《よど》みのない構成になっている。

芥川龍之介は、この技において……つまり、短編小説にふさわしく、短編小説で一番輝く技を用いて、卓越していた。まちがいなく第一級の使い手であった。洋の東西、歴史の古今を通してながめても、たぐいまれな名人上手であった。

あえて言えば、芥川龍之介は小説をよく勉強した作家であったろう。そして、その勉強を過不足なく作品に反映させた作家でもあった。もっと勉強した人もほかにいただろうけれど、それが作品にきちんと現われていなければ読者にはわかりにくい。その点、芥川龍之介は、

――小説とはどういうものか――

勉強もし直感も冴《さ》え、その典型を示した作家であった。オーソドックスで、折りめ正しい作風であった。その勉強には、小説の先進国フランスやイギリスへの目配りが広くめぐらされており、伝統的な日本文学や私小説とは異なった世界を創《つく》りあげている。

芥川の小説がいち早く翻訳され、欧米の人々の評価を得たのも、このことと無縁ではあるまい。泉鏡花や志賀直哉《なおや》より芥川のほうが、きっと欧米人にはわかりやすいだろう。なぜならばエッセンスにおいて彼等のなじんだ小説と似ているからだ。

入門にはほどよい芥川龍之介だが、もちろん限界はある。これまで述べてきたこととはうらはらの評価だが、

「あれは初心者の文学だな。深さが足りない」

という意見は……あっても仕方ない。あまりにも典型を踏んでいるために、

「なんか、こう、含蓄がないのよね」

などと言われかねないのである。技のみごとさまでが、

「ちょっとあざといのよね。素人《しろうと》さんは喜ぶでしょうけど」

もっと控えめの技のほうが玄人《くろうと》受けするところがあるらしい。

このあたりは小説の奥行きの深さであり、広さであり、煎《せん》じ詰めれば、それぞれの作家の特徴、読者の好みの問題としか言いようがない。私見を述べれば、芥川はまず褒められ、文学通には少し評価をさげられ、でも、百年近い年月のあいだずっと多くの人に愛読され続けたのだから、

「論より証拠、やっぱり第一流の作家じゃないの」

なのである。

だから、と話は冒頭に戻るのだが、日本文学の入門によろしいのだ。とりわけ半世紀以上前の名作に触れようとするとき、この作家から入るのが、よい道筋だ、と私は思う。

最後に私自身は、と言えば、この道から入った。そして昨今、若いときとはべつな興味で……長年小説にたずさわってきたあとの関心としてあらためて短編小説に心が傾き、また熱心に芥川作品を読み返している。さながら鮒《ふな》釣りに始まり、鮒釣りに終わるように。

齋藤　孝

【さいとう・たかし】

1960年静岡県生れ。東京大学法学部卒。同大学院教育学研究科博士課程を経て、明治大学文学部教授。専門は教育学、身体論、コミュニケーション技法。

◎◎◎◎◎◎◎◎◎声に出して読みたい芥川龍之介

香気を放つ名文——芥川龍之介

文章の良《よ》し悪《あ》しをどうやって評価するか。まあ、これにはいろいろな基準ややり方があるだろう。私の場合ははっきりしている。適当なところを選んで声に出して読んでみるのだ。そうすると、まったく笑ってしまうほどにはっきりと文章の質がわかる。黙読しているだけではわからなかった質が見えてくるのだ。特に会話文のところを読むとはっきりする。出来の悪いものは、音読するのがばからしくなってくる。不自然な会話はまずダメだ。しかし自然で日常的な言い回しならいいかというと、これでは文学的な香気が足りない。日常会話を聞きたくて文学を読むわけではない。非日常的な力を持つ言葉を自然な形で読みたいのだ。これは実に贅沢《ぜいたく》な要求だ。しかし、文豪たちは、この傲慢《ごうまん》な要求に応《こた》えてくれる。

芥川龍之介の文章は、音読するほどに香気を放つ。文章に気品があるのだ。王朝時代に題材をとったものが多いので、いっそう言葉から漂う香りは芳《かぐわ》しいものになる。それもただいい香りというのではない。文学らしい毒気のある香りだ。たとえば私の好きなのは、『地獄変』の中の天下一の絵師の言葉だ。大殿から言いつけられた地獄変の屏風《びょうぶ》を描くに当たって、絵師の良秀《よしひで》は見なければ描けないものがあると大殿に言う。

「私は屏風《びょうぶ》の唯中《ただなか》に、檳《び》榔《ろう》毛《げ》の車が一輛《りょう》空から落ちて来る所を描《か》こうと思っておりまする」……………「その車の中には、一人のあでやかな上臈《じょうろう》が、猛火の中に黒髪を乱しながら、悶《もだ》え苦しんでいるのでございまする。顔は煙に咽《むせ》びながら、眉《まゆ》を顰《ひそ》めて、空ざまに車蓋《やかた》を仰いでおりましょう。手は下簾《したすだれ》を引きちぎって、降りかかる火の粉《こ》の雨を防ごうとしているかも知れませぬ。そうしてそのまわりには、怪《あや》しげな鷙鳥《しちょう》が十羽となく、二十羽となく、嘴《くちばし》を鳴らして紛々《ふんぷん》と飛び繞《めぐ》っているのでございまする。——ああ、それが、その牛車《ぎっしゃ》の中の上臈《じょうろう》が、どうしても私には描《か》けませぬ」……………「どうか檳《び》榔毛《ろうげ》の車を一輛《いちりょう》、私の見ている前で、火をかけて頂きとうございまする。そうしてもし出来まするならば——」

良秀の頭の中にはもうすでにイメージはある。しかしそこに命を吹き込む必要があるのだ。そのために一人の美女を実際に焼き殺してもらいたいというのだ。とんでもないやつだが、芸術家のすごみが存分に出ているセリフだ。

良秀は自分の芸術のためならば人を人とも思わない。傲岸不遜《ごうがんふそん》ながら、その器は大きい。この良秀の願いを聞き入れる大殿様も負けず劣らず器がでかい。しゃべり方からして豪勢だ。

「おお、万事《ばんじ》その方が申す通りに致して遣《つか》わそう。出来る出来ぬの詮議《せんぎ》は無益《むやく》の沙汰《さた》じゃ」……「檳榔毛《びろうげ》の車にも火をかけよう。又その中にはあでやかな女を一人、上臈《じようろう》の装《よそおい》をさせて乗せて遣《つか》わそう。炎と黒煙《こくえん》とに攻められて、車の中の女が、悶《もだ》え死をする――それを描《か》こうと思いついたのは、流石《さすが》に天下第一の絵師じゃ。褒《は》めてとらす。おお、褒めてとらすぞ」

今では誰一人、こんな話し方をする者はいない。声に出して読んでみると、こちらまで豪勢な気分になってくる。まさに言葉の寝殿づくり。無駄なまでに、きらびやかだ。しかも、言葉の中に毒が入っている。芸術のために一人の女を焼き殺す。このあたり、文学的な毒の匂《にお》いが充満している。大殿様が車の中に入れたのは、良秀が溺愛《できあい》している一人娘であった。燃え盛る火の車の中に自分の娘を見たときの良秀は、おそれと哀《かな》しみと驚きとに包まれた。車から火の柱が星空に突き上げる。それを前にして立ちつくしていた良秀の顔から、地獄の苦しみが消え、恍惚《こうこつ》とした輝きが浮かんできた。美しさに魂が奪われたのだ。このときの良秀の様子を描写した文章がまたいい。

しかも不思議なのは、何もあの男が一人娘の断末魔《だんまつま》を嬉《うれ》しそうに眺《なが》めていた、そればかりではございません。その時の良秀《よしひで》には、何《な》故《ぜ》か人間とは思われない、夢に見る獅子《し し》王《おう》の怒りに似た、怪しげな厳《おごそか》さがございました。でございますから不意の火の手に驚いて、啼《な》き騒ぎながら飛びまわる数の知れない夜鳥《よ どり》でさえ、気のせいか良秀の揉烏帽子《もみえ ぼ し》のまわりへは、近づかなかったようでございます。恐らくは無心の鳥の眼にも、あの男の頭の上に、円光の如《ごと》く懸《かか》っている、不可思議な威厳《い げん》が見えたのでございましょう。

しっかりと目に浮かんでしまいますね。映画にしてみたら、すばらしいシーンが撮れるんじゃないだろうか。映画監督になりたいという妄想さえ抱かせてしまうような名場面だ。文体が「ございます」という丁寧語であるのもまたすごみにつながっている。強烈な場面を丁寧な文体で描かれると、感情を上手に抑えた演技をする名優のように迫力が出てくる。

『蜘蛛《くも》の糸』でも、犍陀多《かんだた》が、こら、罪人ども、おりろ、おりろと叫んだために、蜘蛛の糸がぷっつりと切れたあとの場面はこう描かれる。

> あっと云《い》う間もなく風を切って、独楽《こま》のようにくるくるまわりながら、見る見る中《うち》に暗《やみ》の底へ、まっさかさまに落ちてしまいました。後には唯極楽《ただごくらく》の蜘蛛《くも》の糸が、きらきらと細く光りながら、月も星もない空の中途に、短《みじか》く垂れているばかりでございます。

すごみのある丁寧語。これが芥川の文体の魅力だ。『蜘蛛の糸』は、小学校低学年でも楽しめるお話でありながら、大人が音読しても飽きることがない。『声に出して読みたい日本語』のCD版をつくったときに、語り部《かたりべ》の平野啓子さんに『蜘蛛の糸』の冒頭を語っていただいた。この冒頭の語りだけで、物語の世界にぐっと入り込めた。

或日《あるひ》の事でございます。御釈迦様《おしゃかさま》は極楽《ごくらく》の蓮池《はすいけ》のふちを、独《ひと》りでぶらぶら御歩きになっていらっしゃいました。池の中に咲いている蓮の花は、みんな玉のようにまっ白で、そのまん中にある金色の蕊《ずい》からは、何とも云《い》えない好《よ》い匂《におい》が、絶間《たえま》なくあたりへ溢《あふ》れております。極楽は丁度《ちょうど》朝なのでございましょう。

平野さんは、この冒頭部を「朗読」と「語り」の二種類でやってくれた。そのおかげで私は初めて「語り」が普通の朗読とは違うものなのだとはっきりとわかった。語りの場合は、全文を記憶している。朗読のように文字を追うのではない。語り手の頭の中に浮かんでくる情景が、ゆっくりと聞き手の頭の中に流れ込んでくる。それが語りのイメージだ。息の間合いも普通の朗読とは違っている。文字を読まずに耳から言葉だけを聞いて情景が頭の中で鮮明に繰り広げられるのは、実に人間らしい快感だ。

どんなものでも「語り」に耐えるわけではない。朗読以上に「語り」は作品の文章の質の高さを要求する。芥川の名作短編は、まさに語るに足る質を持っている。蓮の花の匂《にお》いが辺り一面に立ちこめる、そんな「空気」を表現できる。これはまさに言葉の力だ。

子どもも楽しめ、なおかつ大人も味わえる。これがほんとの達人の技だ。日本文学でも、こうした達人芸はまれにしか見ることができない。夏目漱石《そうせき》に絶賛された『鼻』も傑作だ。私が自分の塾で小学生に朗読したところ大ウケだった。私は、気品や知性のある文章の中にユーモア感覚が含まれている作品がとりわけ好きだ。内容の質を高くしようとすると、ついテーマが生真面目《きまじめ》になってしまい、笑いが失われる。ユーモア小説の傑作『坊《ぼ》っちゃん』を書いた漱石は、この難しさを知っていて『鼻』を激賞したのであろう。

人並み外れて鼻が大きい内供《ないぐ》は、鼻をゆでて足で踏んで小さくするという方法を知る。この場面はもとになった『宇治拾遺物語《うじしゅういものがたり》』の原文にはないおもしろさだ。


鼻だけはこの熱い湯の中へ浸《ひた》しても、少しも熱くないのである。しばらくすると弟子の僧が云《い》った。

――もう茹《うだ》った時分でござろう。

内供《ないぐ》は苦笑した。これだけ聞いたのでは、誰も鼻の話とは気がつかないだろうと思ったからである。鼻は熱湯に蒸《む》されて、蚤《のみ》の食ったようにむず痒《がゆ》い。

弟子の僧は、内供が折敷《おしき》の穴から鼻をぬくと、そのまだ湯気《ゆげ》の立っている鼻を、両足に力を入れながら、踏みはじめた。内供は横になって、鼻を床板の上へのばしながら、弟子の僧の足が上下《うえした》に動くのを眼の前に見ているのである。弟子の僧は、時々気の毒そうな顔をして、内供の禿《は》げ頭を見下《みお》ろしながら、こんな事を云った。

――痛《いと》うはござらぬかな。医師は責めて踏めと申したで。じゃが、痛うはござらぬかな。

内供は、首を振って、痛くないと云う意味を示そうとした。ところが鼻を踏まれているので思うように首が動かない。そこで、上眼《うわめ》を使って、弟子の僧の足に皹《あかぎれ》のきれているのを眺《なが》めながら、腹を立てたような声で、

――痛うはないて。

と答えた。

この部分は『宇治拾遺物語』ではこうなっている。「鼻をさし出《いで》て……物いず」おもしろい情景であることはたしかだが、「もう茹《うだ》った時分でござろう」や「じゃが、

痛うはござらぬかな」の方が、より笑いを誘う。笑いや泣きには、細かな脚色が必要だ。こうした演出や小道具の使い方が芥川は実に上手《うま》い。

広い門の下には、この男の外《ほか》に誰もいない。唯《ただ》、所々丹塗《にぬり》の剥《は》げた、大きな円柱《まるばしら》に、蟋蟀《きりぎりす》が一匹とまっている。……………下人《げにん》は七段ある石段の一番上の段に、洗いざらした紺《こん》の襖《あお》の尻《しり》を据《す》えて、右の頬《ほお》に出来た、大きな面皰《にきび》を気にしながら、ぼんやり、雨のふるのを眺《なが》めていた。（『羅生門』）

きりぎりすやにきびは、もちろん芥川の演出だ。こういった細かな仕込みが組み合わされて、リアリティが形作られる。原文の簡素で骨太な味わいと照らし合わせると、芥川のスタイルがはっきりする。

芥川が得意としていたのは、人の心の奥底にあるものが何かの拍子にふっと顔を出す瞬間を描くことだ。普通の状態であったならば決して出てこないはずの感情が、突然吹き出してきて、当人さえをも驚かす。芭蕉《ばしよう》の死に際して弟子が抱いた、芭蕉を厭《いと》わしいと思う気持ちがたとえばそれだ（『枯野抄《かれのしよう》』）。

こうした部分は、分析は実に鋭いのだが、声に出して読むのにふさわしいわけでは必ずしもない。個々深層心理を分析する知性のメスが鋭すぎて、自然さに欠ける嫌いがある。しかし、そこはさすが芥川、思いもかけない感情が吹き出した瞬間を、劇的な形で描写した文章がある。『藪《やぶ》の中』のセリフは、胸に迫ってくる。

この話は、縛られた夫の目の前で妻が盗人《ぬすびと》に犯されるという衝撃的な場面を軸として、盗人や妻、そして死んで死霊《しりよう》となった夫のそれぞれの証言を組み合わせた手の込んだ作品だ。それぞれの言うことが食い違っているところがミソだ。それぞれもっともらしいのだが、夫の死霊の言葉がもっとも生々しい。杉の根に縛り付けられた夫の前で盗人は妻を手込めにし、自分の妻になる気はないかと持ちかけた。普通ならば、妻はそんな話に耳を貸すはずはない。しかし、死霊はこう語る。

盗人《ぬすびと》にこう云《い》われると、妻はうっとりと顔を擡《もた》げた。おれはまだあの時程《ほど》、美しい妻は見た事がない。しかしその美しい妻は、現在縛《しば》られたおれを前に、何と盗人《ぬすびと》に返事をしたか？　おれは中有《ちゆうう》に迷っていても、妻の返事を思い出す毎《ごと》に、瞋恚《しんい》に燃えなかったためしはない。妻はたしかにこう云った、――「では何処《どこ》へでもつれて行って下さい」

うーん、これはまったく、死霊になって振り絞るような声で不気味なエコーを聞かせて読み上げたい文章だ。頭をガツンとやられたような程度ではない。魂をグサッと突き刺されたようなショックだ。しかし死霊が絞り出す声は、ここではまだ止まらない。

妻の罪はそれだけではない。それだけならばこの闇《やみ》の中に、いまほどおれも苦しみはしまい。しかし妻は夢のように、盗人《ぬすびと》に手をとられながら、藪《やぶ》の外へ行こうとすると、忽《たちま》ち顔色《がんしょく》を失ったなり、杉の根のおれを指さした。「あの人を殺して下さい。わたしはあの人が生きていては、あなたと一しょにはいられません」——妻は気が狂ったように、何度もこう叫び立てた。「あの人を殺して下さい」——この言葉は嵐《あらし》のように、今でも遠い闇《やみ》の底へ、まっ逆様《さかさま》におれを吹き落そうとする。一度でもこの位《くらい》憎むべき言葉が、人間の口を出た事があろうか？　一度でもこの位呪《くらいのろ》わしい言葉が、人間の耳に触れた事があろうか？

これはもうトドメですね。二度と魂が浮かばれることがない。実にどうにもならない内容なのだが、声に出してみると意外に盛り上がる。爽快感《そうかいかん》さえある。文章の品性によるものだろう。単なる話し言葉ではない。書き言葉ならではの話し言葉の迫力。それが存分に味わえる作品だ。

『藪の中』は、登場人物たちの語る「事実」が、甚だ食い違っているところに小説としてのおもしろみがある。しかしそれだけなら単なるトリックにすぎない。肝心なのはそれを語る人物たちの言葉に感情が乗り移っているかどうかだ。そこに文学的手腕が問われる。言葉を通じて読む人間が感情のうごめきを手に取るようにつかむことができる。それが名文だ。しかもこの場合、感情のうごめきが事実認識の食い違いを生んでいる。それぞれの現実をそれぞれの感情がつくっているのだ。言葉に人間の魂が乗り移る。そこがポイントだ。それだけに最期《さいご》の夫の言葉が、憑依《ひょうい》した巫女《みこ》の口から語られているのは、いかにも文学的でおもしろい。

最後に気持ちが洗われる名シーンを一つ。『蜜柑《みかん》』のラストシーンだ。語り手の「私」が二等客車に乗っている。そこに三等の切符を握った田舎娘が合い席してくる。

私は娘の服装の不潔さや、二等と三等の区別さえもわきまえない愚鈍な心に心の中で腹を立てている。私はとにかく世の中全般にうんざりしているのだ。娘は窓を開けた。そのためにどす黒い煙が車内へもうもうと入ってきた。私は咳《せ》き込み、娘に対して不愉快な感情を募らせた。汽車は踏切にさしかかった。

その時その蕭索《しょうさく》とした踏切りの柵《さく》の向うに、私は頬《ほお》の赤い三人の男の子が、目白《めじろ》押しに並んで立っているのを見た。彼等は皆、この曇天《どんてん》に押しすくめられたかと思う程、揃《そろ》って背が低かった。そうして又この町はずれの陰惨《いんさん》たる風物と同じような色の着物を着ていた。それが汽車の通るのを仰《あお》ぎ見ながら、一斉《いっせい》に手を挙《あ》げるが早いか、いたいけな喉《のど》を高く反《そ》らせて、何とも意味の分らない喊声《かんせい》を一生懸《いっしょうけん》命《めい》に迸《ほとばし》らせた。するとその瞬間である。窓から半身《はんしん》を乗り出していた例の娘が、あの霜焼《しもや》けの手をつとのばして、勢《いきおい》よく左右に振ったと思うと、忽《たちま》ち心を躍《おど》らすばかり暖《あたたか》な日の色に染まっている蜜柑《みかん》が凡《およ》そ五つ六つ、汽車を見送った子供たちの上へばらばらと空から降《ふ》って来た。私は思わず息を呑《の》んだ。そうして刹那《せつな》に一切《いっさい》を了解した。小娘は、恐らくはこれから奉公先《ほうこう》へ赴《おもむ》こうとしている小娘《こむすめ》は、その懐《ふところ》に蔵《ぞう》していた幾顆《いくか》の蜜柑《みかん》を窓から投げて、わざわざ踏切りまで見送りに来た弟たちの労に報《むく》いたのである。

他人に対する嫌悪《けんお》や憎悪の感情が、一瞬にしてふっとかき消える瞬間。こうした瞬間があると、人生を肯定できる。娘の事情も知らずに見た目で判断し勝手に憎んでいた状態から、娘が生きている状況を理解し温かい気持ちになる。これは大きな質的変化だ。「そうして刹那に一切を了解した」という一文が私は好きだ。事情を了解することで感情が変わる。そうした瞬間は、人間らしい祝祭的瞬間だ。ましてそれが一枚の絵画のように印象的な情景ならば、なおさらだ。

暮色《ぼしよく》を帯びた町はずれの踏切りと、小鳥のように声を挙《あ》げた三人の子供たちと、そうしてその上に乱落《らんらく》する鮮《あざやか》な蜜柑《みかん》の色と――すべては汽車の窓の外に、瞬《またた》く暇《いとま》もなく通り過ぎた。が、私の心の上には、切《せつ》ない程はっきりと、この光景が焼きつけられた。そうしてそこから、或得体《あるえたい》の知れない朗《ほがらか》な心もちが湧《わ》き上って来るのを意識した。私は昂然《こうぜん》と頭を挙《あ》げて、まるで別人を見るようにあの小娘《こむすめ》を注視した。小娘は何時《いつ》かもう私の前の席に返って、相不変《あいかわらず》皸《ひび》だらけの頬《ほお》を萌黄色《もえぎいろ》の毛糸の襟巻《えりまき》に埋めながら、大きな風呂《ふろ》敷《しき》包みを抱えた手に、しっかりと三等切符を握っている。……………私はこの時始めて、云《い》いようのない疲労と倦怠《けんたい》とを、そうして又不可解な、下等な、退屈な人生を僅《わずか》に忘れる事が出来たのである。

芥川龍之介は並はずれた感性と知力で名作を残してくれた。しかしその裏には精神の病の進行があった。『地獄変』の良秀が最後に自ら命を絶ったように、芥川も戦い続け自ら死を選んだ。『蜜柑』のラストシーンを声に出して読むと、そんな芥川の心を吹き抜けた涼風を感じることができる。

（引用文中……は中略）

コラム①　基地の街・横須賀を歩く

芥川《あくたがわ》は、24歳だった大正5年から、恩師の紹介で横須賀にある海軍機関学校（船舶技術者の養成学校）の嘱託教師として赴任し、英語を教えた。最初は、鎌倉《かまくら》の由比《ゆい》ガ浜海岸の洗濯店に下宿して通っていたが、通勤が大変なため、翌年に横須賀の汐入《しおいり》に移り、その後、大正7年に塚本文《ふみ》と結婚、鎌倉の大町字辻に新居を構えた。大正8年の3月まで勤め、東京の田端に戻っている。

横須賀時代の佳品に、横須賀線の二等列車内で遭遇した少女が窓から蜜柑《みかん》を投げて、線路下で見送る弟たちに別れを告げる様子を記した短編『蜜柑』がある。この作品は、誰もが爽《さわ》やかな読後感に満たされ、彼女がどのトンネルを抜けた後に、蜜柑を抛《ほう》り投げたのか実際に確かめたくなる。

久々に訪れた**ＪＲ横須賀駅**前は、散策スポットに変わっていた。眼前の港に建つ米軍基地と海上自衛隊の軍港らしい風景こそ昔のままだが、海岸沿いに公園が整備され、遠くに大きなホテルや新しいスーパーがそびえている。

『蜜柑』の文学碑が建つ**吉倉公園**に行ってみた。駅から大きな道路を15分ほど北へ戻ると、公園入口のバス停があるので、そこを右折す

三笠公園内に展示されている戦艦・三笠

る。普通の公園だが、奥は海に面していて、その後ろを横須賀線の線路が通っている。

　芥川が勤めた海軍機関学校の跡地には、横須賀学院がある。その隣りは**三笠公園**になっていて、日露戦争の日本海海戦（明治38年）においてロシアのバルチック艦隊を打ち破った連合艦隊の旗艦・三笠《みかさ》が海上展示されている。その艦内の部屋が当時のまま保存され、寝室や浴室なども見学できる。海を眺めながら公園内でお弁当を広げるのもいい。

吉倉公園に建っている文学碑と横須賀線

　時間があれば、ここから海沿いにＪＲの駅までのんびり歩きたい。芥川もほぼ同じコースで通勤したはずだ。真っ白い制服の自衛隊員と米軍の大柄な兵士があちこちで闊《かつ》歩《ぽ》している姿も、新鮮に感じられるだろう。

　横須賀駅のホームに立つと、上り下りの両方にトンネルが迫っている。この地域が小高い山々に囲まれていることが実感できよう。

　さて、問題の蜜柑を投げた場所だが、再度横須賀線に乗って確かめると、横須賀駅を出発した後、トンネルが連続する次の田浦駅までは土地も急で狭く、想定しにくい。それよりは、田浦駅を出てすぐに入るトンネルを抜けたあたりの開けた風景が、子供たちが手を振った場所のように思えた。

島内景二

【しまうち・けいじ】

1955年長崎県生れ。東京大学大学院修了。国文学者。『文豪の古典力』『歴史小説真剣勝負』など、新視点から日本文学の全貌に肉薄。電気通信大学教授。

◎評伝◎ 芥川龍之介

「知識人」のイメージを作った人

【大正時代と共に去りぬ】

「明治の人」と言えば、夏目漱石《そうせき》。その漱石が最晩年に出会った愛弟子《まなでし》が、芥川龍之介《あくたがわりゅうのすけ》。彼は、「大正の人」。漱石から芥川へと、時代を越えて「文豪」の地位がバトンタッチされた。

芥川は、明治二五年（一八九二）三月一日の生まれ。旧制第一高等学校に入学して、青春の花が開いたのは、明治四三年。その二年後に、大正時代が開幕した。わずか一五年で短く終わった、デモクラシーと教養主義の自由な時代。「人気作家＝トップランナー」だった芥川は、風のように全力疾走した。ところが、再び元号が変わってすぐの昭和二年（一九二七）七月二四日、薬物を使って自殺してしまった。

芥川龍之介が、明治以後の小説家の中で「最もシャープで、クレバーだった人」の一人であることは、おそらく間違いない。しかも、痩《や》せ型の美男子で、ルックスも抜群。漱石のカラーが地味で渋いのに対して、芥川は魅力的で「花」がある。彼の写真を見ていると、大正という時代が歓迎したムードというか、「空気」が感じ取れる。

イギリスでは一九世紀のはじめに、バイロン、キーツ、シェリーというロマン派詩人の三天才が輩出して、「詩人＝美男子」「詩人＝短命」というイメージを作り上げたという。芥川龍之介は、たった一人で「小説家＝秀才」「小説家＝自殺」というイメージを人々の心に焼きつけた。だから、今でも「知識人はもろい」と口にする人は、芥川を念頭に置いて、『すごいな』という尊敬と、「かわいそうだな」という同情を感じている。

むろん、明治時代から自殺する文学者は少なくなかった。しかし、時代の花形だった芥川の自殺は、多くの人に衝撃を与えた。時に、満三五歳。彼は、自分が生まれた時の父親の年齢（満四〇歳）にも達していなかった。師の漱石が、処女作『吾輩《わがはい》は猫である』を書いた年（三八歳）にも及ばなかった。大輪の「知識の花」の盛りは、いかにも短かった。「風と共に去りぬ」ではないが、「大正と共に去りぬ」だ。芥川龍之介という才能の塊を無惨《むざん》に打ち砕いた「風」や「雨」の正体は、何だったのだろうか。

短い人生だったけれども、レパートリーの広さと、切れ味の鋭さと深さは、ダントツである。彼は、「魔法の指」をもっていた。芥川の指は、長くて細い。ピアノの詩人と呼ばれたショパンのしなやかな指を思わせる。

【捨て子、そして母との別れ】

不思議な生まれ方をした人だけが、英雄・偉人・大悪人となる。そして、不思議な死に方をし、人々の前から突然に姿を消してしまう。「不思議な死」は、自殺の問題として、最後まで取っておこう。

「不思議な誕生（登場）」は、人並みでないということだから、平均をはるかに超えた幸福な幼年時代を送るか、平均をはるかに下回る不幸な幼年時代を送るかのどちらかである。金持ちの華族の家に生まれた白樺《しらかば》派の坊ちゃんたちは、前者。芥川龍之介は、後者。

芥川が生まれた明治二五年三月一日の暦は、辰《たつ》の年の辰の月の辰の日！　干支《えと》は年だけにではなく、月や日にもあるのだ。何とも不思議なことに、「辰」のトリプルというか、そろい踏みだ。しかも、辰の刻（午前八時頃）に産声《うぶごえ》を上げたという説まである。それで、辰にちなんで「龍之介」と名づけられた。龍の化身、龍の申し子というわけだ。

確かに、芥川の人生は、龍と似ている。まず、「昇龍の勢い」の猛スピードで、無名の青年が文壇の絶頂へと登り詰めた。しかし、どんな龍であっても、無限に上昇することはできない。いつかは上昇が停止し、横ばいになり、一転してストンと急降下し始める。これを、高く昇りすぎた龍の後悔という意味で、「亢龍《こうりょう》の悔い」と言う。太陽に近づきすぎたイカロスが失墜したような感じ。

数学の二次関数のグラフを、思い浮かべてほしい。$y=-x^2$は、極大値を記録した後で、マイナスの無限大まで、どこまでも落下してゆく。芥川の人生も、まさにそれ。晩年の彼の心は、人生の敗北者のものだった。

父は新原敏三《にいはらとしぞう》と言って、山口県出身の平民。明治財界の巨頭・渋沢栄一が経営する耕牧舎の牛乳販売業者だった。息子が生まれた時に、父の年齢は数え年の四二歳で、「男の大厄」。母のフクは、江戸城で十数代も「数寄屋《すきや》坊主《ぼうず》＝奥《おく》坊主」を勤めた士族・芥川家の出身だったが、息子を生んだ時は数え年の三三歳で、これまた「女の大厄」。両親がダブル大厄の年に生まれた子なので、形だけ捨て子にして、それを知人に拾ってきてもらった。「拾い子」として育てられたのだ。龍之介は長男だったから、生まれるのを待ち望まれた。その一方で、捨てられねばならぬ「親にたたりをなす子」でもあったのだ。どこか、ギリシャ神話のオイディプス王の話を連想させる。オイディプス王は父を殺したが、芥川は母の運命を暗転させた。

芥川が生まれて数か月後に、母のフクが精神を病んだ。「僕の母は狂人だった」と、『点鬼簿』にはある。彼は、すぐに母親の乳房から引き離された。生母マリアに抱かれてすやすや眠る赤子のキリストは、芥川にとっては永遠の憧《あこが》れだっただろう。彼が死ぬまでずっと大切にしていたという「マリア観音」の像は、満たされない彼の「母恋い」の情熱のシンボルである。

昔話には、英雄が生まれる際に、身代わりとなって母親が死ぬというパターンがある。龍之介の母親は死ななかったが、発狂した。「生きた死者」となったのだ。彼は、「自分の犠牲となって母が死んだ」という罪悪感のかわりに、「自分もいつか母のようになる」という恐怖感に死ぬまで苦しめられた。

龍之介は、母の実家の芥川家に引き取られた。芥川「道章《どうしょう》」という、いかにも奥坊主らしい名前の「義父＝養父」は、東京府（今の東京都）の役人だった。典型的な「中流家庭」である。「中の下」というところか。こういう環境に生まれた女の子ならば、シンデレラなどの継子《ままこ》のお姫様のように、「愛」の奇跡によって貧しさから脱出できる。つまり、結婚相手次第で、王子様にプロポーズされたら上流階級への階段を昇ってゆけるのだ。でも、男の子は「逆玉の輿《こし》」に乗る可能性は少ないから、「学問」ではい上がるしかない。龍之介少年は、秀才としてひたすら勉強することを運命づけられた。

「義母＝養母」のトモは、幕末の有名人だった細木香以《さいきこうい》の姪《めい》に当たる。細木香以については、何と森鷗外《おうがい》が『細木香以』という小説を書いている！　世の中は、本当に狭い。義父母の家には、ずっと独身を通した実母の姉（道章の妹）のフキが同居していた。このフキが、実際には芥川の面倒を見たという。

　実父の新原敏三は、発狂したフクの妹のフユと再婚し、得二をもうけた。いわゆる「できちゃった再婚」だったようだ。芥川から見れば、「異母弟」の誕生である。得二も、岡本綺堂《きどう》の弟子となって戯曲作家をめざした文学青年である。この「フキ・フク・フユ」というよく似た名前の三姉妹は、三人とも芥川の「母親」だった。人間関係がこんがらがって、複雑だ。迷宮的というか、ロシアの大家族物の大河小説を読んでいるようだ。あるいは、ミステリーのようだ。

「新原龍之介」と命名された赤ちゃんが、養育されている家の正式の養子となり、

「芥川龍之介」という戸籍上の名前を手に入れたのは、一二歳の夏のこと。それまでに、利発な少年は、どれだけ「定まらない自分の身の上」で苦悩したことか。どんなに、大人の世界の裏側のゴタゴタを憎んだことか。

大きな川の上を定めなく漂う小舟のような、龍之介少年。その舟には、舵《かじ》を取ってくれる船頭もいなかった。捨て子を乗せて川に流された舟のようだ。けれども、龍之介は川の大好きな少年に成長する。彼は、幼い頃は意外とタフだった。そして、この小舟は、夏目漱石の書斎にたどり着いた。漱石もまた、不幸な養子体験をもった文豪だった。

【大川の水で産湯を使う？】

近代的なイメージの強い芥川には「山の手育ち」の雰囲気があるが、実際には下町っ子である。隅田川の河口西岸に近い京橋区入船町（現在の中央区明石町）にあった新原家で生まれ、隅田川東岸の両国にあった芥川家で育った。その後、新宿や鎌倉・横須賀で暮らしたこともあるが、大学を卒業してからは田端に居を構え、鵠沼《くげぬま》や軽井沢で一時期を過ごした以外は、死ぬまで田端で暮らした。

芥川は二二歳の時に、『大川の水』というエッセイを書いている。「大川」とは、下町の人々の生命線であった隅田川の下流のこと。ここに江戸情緒が花開いたことは、有名だ。この大川が、芥川の「心のふるさと」だった。

芥川をめぐる人間関係がゴタゴタしていたように、大川の流域はゴミゴミしている。養父の道章は、土木課の役人で、下水道工事などで「水」と無縁ではない。しかも「芥川」という苗字《みょうじ》は、「ゴミを流して捨てる川」（芥《あくた》＝塵《ちり》）という意味だから、生活排水の流れ込む大川の流れと強い関係がある。「掃き溜《だ》めに鶴《つる》」ならぬ、「どぶ川に龍」というわけである。大川の流域で生まれ、そこで暮らした人間のみが嗅《か》ぎ取る何とも言えない独特の香り。それが、わけもなく芥川を涙ぐませる。

芥川は、小学生の頃に、水泳（水練）に熱中していた。後には「河童《かっぱ》」の絵を自分の顔に似せて描くのを得意とし、『河童』という小説も書いた。なお、芥川より一三歳年長の永井荷風も、大川で水泳を覚えたという。

大川流域の下町の秀才たちが進学するのは、府立三中。現在の、両国高校である。芥川が後年かわいがった堀辰雄、その堀を慕った詩人の立原道造。彼らも、三中の出身。「芥川・堀・立原」とハイカラな三代の文学者が、いずれも三中に学んだ下町っ子というのは、いささかミス・マッチ。ただし、芥川の生まれた新原家は、外国人居留区だった築地《つきじ》にも近く、日本情緒と西欧文明が入り交じった「和洋折衷＝ハイブリッド」な土地柄だったのだろう。

【中学と高校で友だちを作る】

学校で出会った先生や友だちは、一生の宝物である。彼らとの付き合いが、その人の人格を形成する。芥川の人格（パーソナリティ）や自我（エゴ）は、中学生（今の高校生）の時に原型が形作られ、高校生（今の大学生）の時に完成したと思われる。大学生（今の大学院生）の頃には、すでにしっかりと固まっていた。そのうえで、夏目漱石と運命の出会いを体験した。

芥川は小学生の頃から回覧雑誌を手作りして、時にはイラストも描き、文章を発表している。手先が器用だったし、「自己顕示欲」も強かった。

中学時代は、歴史家になりたかったらしい。当時の歴史学は、偉人たちの伝記の学習だった。芥川は、日本や中国の歴史上の英雄が好きだった。だから、小説家になったあとでも、『今昔物語集』や中国の古典から個性的なキャラクターを見つけ出すことが得意だった。芥川は歴史家にはならなかったが、「歴史小説」の作家として超一流になった。少年の日の夢は、実現したのである。

秀才は、うたぐり深い。そして、先生の何気ない一言で深く傷ついて、うらんだりする。芥川は、中学校の先生たちから好かれていたが、自分は先生たちが嫌いだった。でも、担任の広瀬雄《ゆう》とは、ずっと後まで交際している。

高校生になると、師友との出会いはさらに深まる。何と言っても天下の第一高等学校（一高）である。教師には奇人変人が、学生にはやがて有名人となる逸材がゾロゾロいた。この頃は「推薦入学制度」があったので、芥川は「無試験」で難関の一高に入学している。卒業するまで成績優秀をキープして、二七人中の二番だった。芥川よりも成績がよかった首席の井川（恒藤《つねとう》）恭《きょう》は、大阪市大の学長になった。

ちなみに、芥川は東京帝国大学英文科でも二番の卒業に甘んじている。英文科の首席卒業者だった豊田実は、九州帝国大学英文科の初代教授となった。厳しい性格だったらしく、自分の苗字を「豊田」とむずかしい漢字で書くように弟子たちに命じたとか、牧師の資格をもら、酒も煙草《たばこ》もやらなかったとか、さまざまな伝説がある。九大定年後には、青山学院大学の学長・院長を務めた。一方、ぼくらの芥川龍之介は、へビー・スモーカーと言うよりもチェーン・スモーカーだったようで、女性にも好奇心旺盛であり、別に酒が嫌いだったということもなさそうだ。乱れない豊田と、時には乱れる芥川。そこが、首席と二番の差だろうか。

一高時代は、恩師にも恵まれた。まず、東京帝国大学を卒業してもブラブラしていた芥川に、横須賀の海軍機関学校の英語教師の仕事を紹介してくれた畔柳芥舟《くろやなぎかいしゅう》。さらに、田端の芥川の書斎に飾る「我鬼窟《がきくつ》」という字を揮毫《きごう》してくれた菅《すが》虎雄（漱石を熊本の五高に呼び寄せた人物）などがいる。

クラスメートには、小説家となった菊池寛（代表作『真珠夫人』などたくさん）・久米《くめ》正雄（『学生時代』）・松岡譲（代表作なし。しいて言えば『漱石の漢詩』）、法哲学者となった井川（恒藤）恭、東洋史学者となった石田幹之助などがいた。一年早く入学していた山本有三（『路傍の石』）と土屋文明（歌人）も、ドイツ語担当の大奇人・岩元禎《てい》教授（漱石『三四郎』の広田先生のモデル）から落第点を頂戴《ちょうだい》して留年し、芥川たちと同じクラスに編入されていた。よくぞ、これだけの顔ぶれがそろったものだ。

彼らの若い頃の写真を見ると、久米がひときわ巨顔で、チョビ髭《ひげ》を生やしたオジサン顔である。松岡は、好青年風。この二人が漱石の長女・筆子を巡って恋の争奪バトルを繰り広げたというが、外見では久米に勝ち目は少ない。四国の高松出身の菊池は、どことなくあかぬけない田舎学生風。その中で、芥川は一座の「花」であり、「光」である。ずば抜けた聡明《そうめい》さが、顔にあふれている。

もちろん、彼らはかけがえのない親友であると同時に、しのぎを削るライバルだった。嫉妬《しっと》や羨望《せんぼう》も、渦巻いていたことだろう。悪口を言い合ったり、足の引っ張り合いもしたことだろう。それが、青春期の友情である。

中でも、芥川と菊池は、終生のライバル。ずっと「芥川＝勝ち犬」「菊池＝負け犬」で進んでいた二人のレースは、菊池が雑誌『文藝春秋』を創刊して、ジャーナリストとして成功するのを機に逆転する。芥川のみじめな自殺は、彼こそが「負け犬」だったことを天下にさらけだした。二人の微妙な友情は、菊池が昭和一〇年（一九三五）に「芥川賞」を制定して、死んだ友の名を残したことで、まことのうるわしい友情となった。見所の多い好勝負だった。

芥川は、菊池「寛」の初期の筆名「比呂志《ひろし》」をもらって、長男の名前とした。三男には、一高時代の親友・井川（恒藤）「恭」の名前を訓読みして、「也寸志《やすし》」とつけた。次男「多加志《たかし》」の名前の由来となった人物は、この時点ではまだ芥川の前に現れていない。

当時の一高は、現在の東京大学教養学部がある駒場ではなく、本郷の弥生《やよい》町にあった。ちなみに、「弥生」時代のシンボルとなった弥生土器は、弥生町から出土したことから名付けられた。それにしても、ふっくらと丸味をおびた土器の形と、「弥生」（旧暦三月＝晩春）という言葉はぴったりだ。

一高は全寮制だったが、芥川は最初からではなく、二年目から寮に入っている。個人主義的で繊細な芥川は、プライバシーとデリカシーのないバンカラな寮生活が苦手だったのだろう。なお、芥川が一高入学直後に、明治天皇の暗殺をもくろんだとして幸徳秋水らが逮捕される「大逆事件」が起き、日本国中が騒然となった。徳冨蘆花《ろか》は、幸徳秋水たちの死刑判決に猛烈に抗議して、一高で「謀叛論《むほんろん》」という歴史的演説を行った。この正義感と勇気にあふれた名スピーチを、芥川は聴衆の一人として聞いたのか。聞いたとしたら、どう考えたのか。ぜひとも知りたいところだが、残念なことに正確な事情はわからない。

【漱石に絶賛され、大学生にして人気作家となる】

大学生の頃から、すぐれた小説を書き始める人は多い。古くは、尾崎紅葉。昭和では、三島由紀夫、石原慎太郎、大江健三郎。最近では、平野啓一郎、綿矢りさ。紅葉と三島を除いては、皆が「芥川賞」を受賞している。芥川賞は、若々しい文学者の野心的な挑戦作に与えるのが、最もふさわしい。

芥川も、学生作家として超一流だった。大正二年、二一歳の年に、東京帝国大学に入学。その翌年に、京都帝国大学に進学した菊池寛も仲間に加えて、第三次『新思潮』を創刊。二三歳で、『帝国文学』に名作『羅生門』を発表。『帝国文学』は、『坊っちゃん』の中で帝大出身のキザ野郎・赤シャツが、これみよがしに読んでいた雑誌。権威はあるのだが、さほど幅広い読者層をもっているわけではない。やはり、『羅生門』にも文壇からは何の反響もなく、ましてジャーナリズムで取り上げられることもなかった。

これを、「黙殺」と言う。相手にされず、シカトされたわけだ。決して、読者を想定しないひとりよがりな小説を、芥川が書いたわけではない。読者が付かなかったのだ。推敲《すいこう》に推敲を重ねた『羅生門』ですら「ぬかに釘《くぎ》」、あるいは「のれんに腕押し」だった。せっかく書いた小説は、注目されなければ、書いた意味がない。

芥川が漱石に弟子入りしたのは、ちょうどこの時期だった。ここには、自分の人生の舵を大きく切ろうという芥川の「戦略」が見え隠れする。大正四年一一月に『羅生門』がみじめな黙殺にあった直後、仏文科の知人・林原耕三に導かれて、芥川は初めて漱石山房を訪ねる。翌大正五年二月、第四次『新思潮』を創刊。その創刊号に発表した『鼻』が、漱石の「ほめすぎ」とも思われる賞賛の言葉をもらった。「ほめ殺し」

ではないかと錯覚するほどの大絶賛である。この年の七月に大学を卒業したが、芥川はしっかりと「新進作家」の仲間入りを果たしていた。『新思潮』という同人誌ではなくて、『中央公論』という当時最大の総合雑誌から小説の依頼を受けるところまで来ていたのである。これで、良質で多量の読者を獲得できた。

このサクセス・ストーリーは、漱石の「お墨付き」のお陰である。芥川は、夏目漱石という文豪を「最初にして最大の読者」と想定して、『鼻』を執筆した。入門したばかりの力士が、いきなり横綱の胸を借りて稽古《けいこ》するようなものだ。

けれども、芥川には漱石を感動させる「勝算」があったのだろう。彼は、中学生の時に『吾輩も犬である』というエッセイを書くほど、漱石文学には親しんでいた。漱石の『吾輩は猫である』からは、人間の顔に対する漱石のマニアックなまでの執着が読み取れる。漱石の容貌《ようぼう》コンプレックス（あばた面《づら》だったらしい）の裏返しである。漱石には、鼻に関する印象的な表現がたくさんある。芥川の『鼻』は、そこを突いた。

芥川は、漱石に気に入られようとして、卑劣な手段を用いたのではない。また漱石が、芥川にだまされたのでもない。芥川は、漱石の批評眼のツボを知っていた。そして、その痛点を押したのではなかろうか。漱石の小説を読んでいると、「あっ、ここは芥川の世界と似ている」と直感する箇所がいくつも出てくる。だからこそ、この二人は「師弟」となったのだろう。この師にして、この弟子あり！
とにかく、第一人者にほめられたら瞬間に、プレミアが発生し、「伝説」となる。しばらくしたら、「神話」となる。短編作家だった芥川は、小説のテクニックの面では森鷗外の影響も強く受けている。けれども、「漱石の晩年の愛弟子《まなでし》」として、芥川龍之介は一般社会に躍り出た。このようにして知名度抜群となった彼は、自分の発表する作品を注目して読んでくれる「多数の読者」に恵まれた。

漱石が芥川にあてて書いた手紙が残っている。先生が弟子に書いたというよりも、父親がわが子に話しかけるような、慈愛に満ちた文面である。芥川は、「新原敏三、芥川道章、一高の教授たち」の全員を束にしたよりももっと強力な「師父《しふ》」と出会った。

しかも、芥川の『鼻』を絶賛した年の一二月に、漱石は死去した。「漱石が最後に（最高に）ほめた男」である芥川は、漱石の後継者という勲章を胸に飾って、文壇に堂々と歩み出す。自伝的小説『或阿呆《あるあほう》の一生』では、この運命の「開け、ごま」を「夜明け」と呼んでいる。自分の力で「漱石の称賛」という幸運を呼び込んだ人生のプロデューサーとして、あるいは人生のコーディネーターとして、芥川が最も成功した瞬間だろう。柔道なら、大技が一本バシッと決まったようなもの。

【データ管理の達人】

芥川の好奇心は、とにかく旺盛《おうせい》だった。この世のすべての本を読み尽くそうと思っていたのかもしれない。日本文学の古典から現代までは言うに及ばず、『西遊記』や『水滸伝』などの中国文学、イギリス文学、フランス文学などを、少年時代から亡《な》くなるまでに、むさぼり読んでいる。

芸術にも幅広い興味をもっていたようで、音楽会にもよく足を運んでいる。幼い頃から浄瑠璃《じょうるり》の一派である一中節《いっちゅうぶし》を家族みんなで稽古していたし、西洋音楽にも詳しかった。画家・陶芸家などの美術家とは、深い交際をしていた。芥川本人も、画才に恵まれていた。学生時代のノートには、秀才らしくない（あるいは秀才ゆえの）ひまつぶしの落書きの絵がたくさん書かれている。その落書きは、プロのイラストレーターを思わせるほど水準が高い。小学生の頃に手作りで制作した回覧雑誌（同人誌）も、彼のイラストで飾られている。芥川のトレード・マークである河童の絵は、思わずうなってしまうほど素晴らしい。

長男の比呂志は俳優、三男の也寸志は音楽家として一流だった。その才能は、「父親ゆずり」だったのだろう。次男の多加志だけ大成していないが、それは太平洋戦争で戦死してしまったから。

芥川には、「小説だけが芸術のすべてではない」という思いがあった。芥川にとっての「芸術」は、古今東西の文学・音楽・美術への好奇心が作り上げた「美」の理想体だったのだ。なぜ、それが彼だけに可能だったのだろう。彼の脳ミソの中にあったパソコンは、容量が大きかっただけでなく、膨大な文書を管理する「ファイルの整理能力」に優れていた。そして、「圧縮能力」と「検索能力」にも、非凡なものがあった。

他の大正教養人たちは、自分はこんなにも世界や芸術のことを知っているという「知識の総量」だけを増やすことだけに夢中になり、頭の中がパンクして収拾つかなくなっていた。「コスモポリタン」（国際人）と言えばかっこいいが、自分が何者であるか、知識の洪水の中で見失ってしまいがちだった。

それに対して、芥川はデータを管理するために、天才的なシステムを開発していた。ありとあらゆる芸術（遊び）と学問を吸収し、整理し、引き出し、加工し、自分の作品世界を構築した。芥川の口から洩《も》れる一言は、他の人の百の言葉よりも魅力的だったし、芥川の手が書き記す一つの短編は、凡庸な作家のダラダラした大長編よりも感動が大きかった。

膨大な知識を凝縮・圧縮できた芥川。材料を自由自在に料理し、味付けするシェフのように、彼は魔法の手（指）をもっていた。彼が次々に繰り出す「小鉢」は、レパートリーが多彩であった。和風の懐石料理もあれば、中華料理もあれば、フレンチもあった。庶民的な無国籍料理すらあった。見た目の盛りつけも、瀟洒《しょうしゃ》でありつつ華麗だった。なおかつ、「今の日本を生きる自分」というテーマが、スパイスのたっぷり利《き》いた苦味で盛りつけられていた。

この小さな器の中に、どうしてこんなにたっぷりと「世界」と「人生」のすべての要素が凝縮されるのだろうと、グルメたちは驚かされる。彼らの胃袋の中に入り込んだ「芥川の世界観」は、乾燥ワカメが水につかると膨れあがるようにして大きくなってゆく。それがたっぷりした満腹感と満足感を与える。それが、芥川シェフの誇る「魔術」である。

【天才小説家は、恋多き人でもあった】

話は、急に平安貴族の恋愛に飛んでしまう。王朝の恋愛絵巻である『伊勢物語』に、「芥川」と呼ばれるラブ・ストーリーがある。とてもリリックで、とても悲しいエピソードだ。在原業平《ありわらのなりひら》という才人の美男子が、藤原高子《ふじわらのたかいこ》という美貌《びぼう》の女性を好きになる。業平は、三人のお后《きさき》と浮名を流したプレイボーイ。「お后殺し」あるいは「人妻キラー」だった。高子も、後に清和天皇のお后となり、「二条の后」と呼ばれる。清和天皇の子・陽成天皇は業平と高子の秘密の子ではないか、という大スキャンダルまである。禁じられた恋は燃え上がる。とうとう、業平は高子を誘拐して駆け落ちし、「芥川」のほとりまで逃げてきた。だが、この川のほとりの小屋で、高子は鬼に食われて死んでしまった、というのだ。何という、バッド・エンド。『伊勢物語』では高子がお后になる以前のことだと取りつくろってあるが、室町《むろまち》時代には業平が高子を宮中から盗み出したとする読み方もなされていた。現にこの二人の恋は、高子がお后になった後も続いていた。

芥川龍之介は、日本の古典に詳しかった。だから、自分の苗字《みょうじ》でもある『伊勢物語』の「芥川」のストーリーを知っていただろう。偶然の一致だろうが、彼の恋愛には「人妻志向」が強い。

自伝小説『或阿呆の一生』を読むと、芥川には奥さん以外にも恋人がいたらしいことが、すぐに読み取れる。その愛人を「一人」だと思って読み進めると、混乱してくる。まさか、天下の芥川に、そうそう何人もの浮気相手がいるとは思わないからだ。

「芥川↓知的な人↓立派な人↓浮気なんかよほどのことがないとしない人」というイメージである。

でも、繰り返し読んでいると、奥さん以外の恋人が、少なくとも三人以上は書かれているようだとわかってくる。在原業平には、三七三三人の女性と付き合ったという伝説がある。芥川は、それほどではないが、恋多き人だった。彼が惚《ほ》れっぽかったのは確かのようだし、女性たちからも好かれる魅力的な男だった。「男性フェロモン＝男の色気」を、ムンムンと周囲に飛ばしていたに違いない。

不思議なことに、第三次『新思潮』に参加して創作活動に着手してから、芥川の恋愛火山が噴火を始めたようなのだ。小説を執筆するためには、膨大なエネルギーを必要とする。どんなに疲れはてるかは、小説を実際に書いてみた者でなければわからない。その創作欲を、恋のエネルギーから転用したかったのだろう。それとも、創作熱で体中が熱くなって興奮したために、恋をせずにはいられなくなったのだろうか。

実家の新原家に奉公している女中さんに、ラブレターを出している。業平にも、自分の家で働いている下女に恋したエピソードが残っている。

青山女学院を出た女性と結婚する意思表示をするまでに、お熱をあげたこともあった。彼女も、芥川の交流圏の中にいた女性だった。これらは、結婚前に「引き裂かれた愛」である。

大正七年、塚本文《ふみ》と結婚。婚約したのは、まだ彼女が跡見女学園在学中の大正五年。彼女は、芥川の府立三中時代の親友の姪《めい》。だから、「親友の妹」と恋仲になる古典的パターンの別バージョンである。二五歳の新郎と、一七歳の新婦。文は極端な幼妻ではなかったが、海軍機関学校勤務のために鎌倉に住んでいた（横須賀に住んでいた時期もある）芥川の新婚生活は、母親代わりの伯母フキが同居した。ありがたくもあり、迷惑でもあったことだろう。

結婚してから後の恋愛は、いわゆる「浮気＝不倫」ということになる。心の中だけで好きになった人も、いるだろう。料亭の女将《おかみ》や、長崎の芸者との交際もあった。女性歌人や、女性翻訳者などの人妻たちと、浮き名を流したりもした。ある女性は、動物的な本能で芥川を苦しめたとされる。

それにしても、「動物的な本能」って、具体的にはどんなことなのだろうか。逆に、高貴で繊細で、しかも芥川と対等に渡り合える知性をもった年上の女性もいた。このすばらしい人については、芥川の弟子・堀辰雄が書いた『聖家族』という名作を、ぜひとも読んでほしい。こんな知的な女性に憧《あこが》れながら、動物的な本能に捕われた女にストーカーされるなんて、芥川もよくよくツキがなかった。あるいは、身から出たサビか。

最も不可解なのは、最晩年に自殺を決意した時に、自分と一緒に死んでくれる女性を捜して、「妻の友だち（元クラスメート）」を選んだこと。心中の場所として決めていたホテルに彼女が来なかったので、未遂に終わった。彼女も、人妻だった。

女性たちの名前は、「恋愛はどういう波紋を芥川の心に投げかけたか」という問題を考える時に、あれこれと取りざたされる。でも、例えば「動物的な本能」とまで嫌われた女性歌人が、どういう女心を自分でも持て余していたか、何を芥川の体にぶつけようとしたのか、彼女の短歌を読みながら分析してみたら、きっとおもしろいことだろう。

【田端文士村に「我鬼窟」の額をかかげる】

大正八年、二七歳の芥川は、二年間ちょっと勤務した海軍機関学校教授を辞し、大阪毎日新聞社の社員となった。前の年から社友になっており、名作『地獄変』を連載している。社員になっても新聞社には出社しなくてもよい約束だったので、田端の自宅に帰ってきた。職業作家として、執筆に専念できることになったのだ。漱石が東京帝国大学講師を辞し、朝日新聞社に入社したのと、ちょっと似たルート。でも、漱石が決死の覚悟で飛び込んだ悲壮感は、芥川にはなかった。芥川の前途は洋々として、輝かしかった。

現在、JR田端駅近くには、「田端文士村記念館」があり、大正時代に田端に集《つど》った芸術家たちが紹介されている。当時は、「東京府下北豊島郡滝野川町字田端」と言った。この文士村の中心に位置する太陽が、芥川龍之介。そして、鋳物師《いもの》で歌人の香取秀真《ほつま》、日本画家で歌人の小杉放庵、小説家で俳人の瀧井孝作、詩人で小説家の室生《むろう》犀星《さいせい》、詩人の萩原朔太郎《はぎわらさくたろう》、財界人で文人の鹿島龍蔵、医者で文人の下島勲《しもじまいさおし》などが、太陽のまわりを回る惑星のように、田端近辺に住んでいた。

下島勲の本職は医者なので、芥川の主治医だった。自殺の一報を聞いて、すぐに現場の芥川邸に駆けつけている。

芥川は、純粋な「小説家」ではなく、広い意味での文学者や芸術家との交遊を楽しんでいた。中でも、洋画家で俳人の小穴隆一《おあなりゆういち》とは、深すぎるほどに交際した。「小穴」という珍しい苗字は、長野県のもの。漱石の『吾輩は猫である』の挿絵を描き、森鷗外の墓碑を記した中村不折（長野県で幼少期を過ごした）の弟子に当たる。芥川よりも二つ年下の小穴は、芥川の晩年に「影」のように連れ添った。芥川は「王様タイプ」で、いつも友人たちを翻弄《ほんろう》したと言うが、小穴に限っては芥川の方が夢中になっているように思える。漱石の芥川への慈愛は、「天才は天才を知る」ことの典型例だった。芥川の小穴への入れ込みぶりは、「鬼才は鬼才を知る」という感じ。

小穴隆一の「隆」の部分を訓読みしたのが、芥川の次男「多加志」の名前の由来である。多加志は、大正一一年の一一月に生まれているが、その二か月前の九月、小穴は芥川をモデルとする肖像画を二科展に出品して、話題となった。無名画家に対する有名作家の肩入れは、大変なものだった。小穴は、自殺した芥川のデスマスク（死に顔）もスケッチした。桜のソメイヨシノで有名な染井霊園の近くの慈眼寺に、芥川のお墓がある。その「芥川龍之介墓」という文字も、小穴の筆。ちなみに、漱石のお墓は安楽椅子《いす》の形をしているが、芥川のお墓も不思議な形である。墓石を上から見た四角形の部分は、座り慣れた座布団《ざぶとん》の寸法に合わせたという。

小穴に寄せる芥川の友情は、寵愛《ちょうあい》を通り越して溺愛《できあい》に近い。小穴を知った後の芥川の単行本は、ほとんど「小穴隆一装幀《そうてい》」である。『夜来の花』『沙羅《さら》の花』『春服《しゅんぷく》』『黄雀風《こうじゃくふう》』『支那《しな》游記《ゆうき》』『湖南の扇』『侏儒《しゅじゅ》の言葉』『西方の人』『大導寺《だいどうじ》信輔《しんすけ》の半生』などなど……。

小説家は、自分の骨身を削った作品が本になる時には、表現の気になるところを推敲《すいこう》し、一冊としてのバランスと配列を考慮し、さらにはどういう装幀にするか、徹底的にこだわるものである。「装幀＝ブックデザイン」は作品の一部であり、本の評価と売れ行きを大きく左右する。

小穴は、挿絵画家ではなかった。だから、芥川の個性とは微妙にムードの異なる装幀をしている。かけ離れてもいないし、内容に付きすぎてもいない。芥川が短歌を「五七五七」まで詠《よ》んで中止し、最後の「七」を小穴が詠んで完成させたような感じ。芥川に装幀家としてのセンスがあったからこそ、自分と異なるデザイン感覚をもった小穴の才能を愛したのだ。田端にもどってきてから、八年目。自殺した芥川は、何通か遺書を残したが、小穴にあてた手紙もあった。自殺の覚悟も、たびたび小穴には告白してあった。

【唯一《ゆいいつ》の外国体験、中国】

語学力に優れ、ヨーロッパ文学を原書で読みこなした芥川だが、留学体験はなかった。外国に関する知識は、「丸善」から取り寄せた洋書に頼っていた。彼が日本の外へ出たのは一回だけで、それが中国旅行。けれども、見聞を広めるどころか、健康を悪化させるだけの悲惨な結果になった。

当時の中国は、革命前夜の激動期を迎えていた。中でも、上海《シャンハイ》は「魔都」と呼ばれ、あやしい魅力を放ち、多くの日本人が引き寄せられた。芸術家も、軍人も、女スパイも、集まることになる。

大正一〇年三月、大阪毎日新聞社から海外視察員として派遣されて上海に渡った芥川は、いきなり肋膜炎《ろくまくえん》で三週間も現地の病院に入院した。「魔都」の「魔」の部分にたたられたのか。あるいは、長旅の直前に、仕事を前倒しして片づけすぎた過労のためだったか。

やっと退院してからは、風光明媚《めいび》で知られる江南地方（揚子江《ようすこう》の南側）を旅し、長江（揚子江）をさかのぼって名所旧跡を回り、北京に出て、それから朝鮮半島経由で帰国した。七月下旬だった。正味四か月の長旅だったが、芥川が得た最大のものは「病」であり、「疲労」だった。神経衰弱・胃痙攣《けいれん》・腸カタル・ピリン疹《しん》・心悸亢進《しんきこうしん》・痔《じ》など、まさに「病気のデパート」の体になってしまった。

芥川龍之介の先生にあたる漱石のロンドン留学も、神経衰弱と深い「絶望」をもたらしていた。だが、それは「不安」から目をそらさない漱石文学を生み出すバネ（スプリング・ボード）にもなっていた。芥川の中国旅行は、健康をそこね神経を衰弱させ、彼の文学からハリを失わせるきっかけとなった。

中国服を着た、かわいらしい芥川の写真が残っている。二九歳。大正四年に、野心作『羅生門』を発表してから六年目のこと。だが、この中国旅行から六年後に、芥川は自殺している。この中国旅行のあたりで、さすがの芥川も昇龍の勢いが止まり、スランプに入り、暗転し始める。これまでの追い風が、向かい風に変わる。中国旅行は、彼の作家人生の予期せぬ「折り返し点」となった。

翌大正一一年。三〇歳。田端の書斎のネーミングを「我鬼窟」から「澄江堂《ちょうこうどう》」に変えた。医者の下島勲が揮毫してくれた。改名で心機一転を図るのは、盛りを過ぎた大相撲の力士がよく使う手。だが、体も心も滅びへの道をたどる芥川を引き留める効果は、この改名にはなかった。

【壊れつつある芥川の心、そして関東大震災】

ある人物が一流か二流か、英雄か凡人かは、「転落のしかた」を観察すれば区別できる。芥川龍之介の偉さは、トップに登り詰めた六年間とほぼ等しい期間を「滅亡に耐えた」という点である。急スピードで落ちながらも、何とか「もちこたえた」のだ。それほど高みまで達していたのだ。しかも、ぼろぼろになりつつある「天才」の内面を描いて、鬼気迫る小説を書いている。名作と呼ぶのもためらわれる怪作や奇作が、絞り出された。ムンクの「叫び」を文字で書いたような感じ。

いびつな心の世界を、かつて端正な作風を得意とした小説家が書く。何という、いたましさ。芥川の人生の季節は「秋から冬」に入り、春の季節は再びめぐってきそうになかった。人生の午後を迎えた彼の全身は、「夕陽＝斜陽」を浴びて、真っ赤な血の色に染まろうとしていた。芥川もまた、「斜陽の人」であり、「落暉《らっき》の人」であり、「蒼天《そうてん》からの落ち武者」だった。

天才シェフにも似た芥川龍之介は、全盛時代には、書物の大海の中から「これぞ」というエピソードを発見する天才的な審美眼を誇った。そして、選び取った材料を大胆かつ細心に料理し、現代風の味付けを施して名作へと磨き上げた。読者は、この名シェフの料理に酔い、堪能《たんのう》した。しかし、折り返し点を過ぎた後の芥川は、自分自身の人生を材料としてありのままにさらけ出すという大転換を行う。

それが、『大導寺信輔の半生』『歯車』『点鬼簿』などの自伝的小説となる。生身の自分を材料として、バラバラに切りきざみ、後悔や羞恥《しゅうち》や恐怖という調味料をたっぷりと使って料理する。これは、われとわが身を「いけにえ」とする自殺行為である。他人を自由自在に操っていた「魔法の指」が、今度は自分自身を翻弄しはじめたのだ。この料理を食べさせられる読者は、奇妙な味付けに驚き、ぞっとする。

これまで必死に隠していた、芥川の恥部でもあり原点でもある、大切な一点。それは、「僕の母は狂人だった」という告白。島崎藤村『破戒』の主人公の告白とも似ている。わが身をさらし者にする覚悟で、「僕の母は狂人だった」と書いた芥川。それは、そのまま「僕は狂人だった」と同じ意味だった。「僕は狂人になるかもしれない」ではなく、もはや「狂人」になってしまったのだ！

大正を代表する知識人として、世間的にはもてはやされる芥川。その心の中は、崩壊していた。これが、いつの時代でも第一人者の宿命である。独裁者も、チャンピオンも、孤独である。かつてのヒーロー光源氏は、老境に足を踏み入れる四〇歳にして、人生の折り返し点を迎えた。天皇の次に高い地位に登り詰めたものの、妻の不義密通の事実を知って、心の中には修羅の苦悩が渦巻く。この苦しみをたっぷりと時間をかけて凝視することから、『源氏物語』はさらに芸術的な高みをつかみ取った。おそらく、その代償として、作者・紫式部の心はボロボロになってしまっただろうが。

芥川の折り返し点は、わずか二九歳。早すぎる。登り詰めるのも、転落するのも、急ピッチだった。芥川の人生は、最後まで短編小説だった。

大正一二年。この年の芥川には、これという創作はない。一方、菊池寛は雑誌『文藝春秋』を創刊し、文壇のプロデューサーとしての能力を発揮し始める。芥川を太陽とすれば、これまでの菊池は蛍の光。彼の個性は、ともすれば芥川の前にはかき消されがちだった。芥川は、菊池の雑誌に、『侏儒の言葉』というアフォリズム（警句風のエッセイ）を連載した。これが「連載してあげた」と「連載させてもらった」との境目。菊池はジャーナリズムと文壇の覇を唱えつつあり、二人の立場は逆転しつつあった。

この年の夏、芥川は山梨県と鎌倉に滞在していた。九月一日に関東大震災が起きたが、幸いにも芥川家は無事であった。彼は、『大震雑記』『廃都東京』『鸚鵡《おうむ》』などの震災物を書いた。彼の記憶に蘇《よみがえ》ったのは、鴨長明《かものちょうめい》が残した『方丈記』。そこには、地震を含む大災害のルポルタージュがある。山奥に隠棲《いんせい》した後で、鴨長明は「あくせく生きていた若い頃の自分」と「生きる価値のない乱れた世界」とを回想している。世の中はどんなに必死に暮らしても、一度の地震で壊されてしまう程度のものなのだ。関東大震災に『方丈記』の災害記事のリプレイを見入る芥川も、まさに混乱した世界のただ中で壊れつつある心を抱いて暮らしていた。

大震災で動揺した人々は、東京各地で「暴徒」が市民を襲っているというデマを信じてしまう。さすがに菊池寛は「うそだよ」と見ぬいていたが、「善良なる市民」を自称していた芥川は、「自警団」の一員として「暴徒」に備えている。芥川は、自分の心の中に、自分を追いつめ、自分を殺そうとしている恐ろしい敵がいることに、早くから気づいていた。それが「何者」であるか、わからない。「ぼんやり」している ために、根治できない不安。何とタチの悪い心の病だろう。だから、芥川はどこにも いない「暴徒」の影に脅《おび》えたのかもしれない。

大震災の後で、芥川は懐《なつ》かしい大川流域を再訪して、『本所両国』を書いている。青春期の『大川の水』と合わせ読むと、「歳月」が『本所両国』には感じられる。

【ぼんやりした不安は、とてつもない大きさ】

芥川と並んで大正時代をリードしてきたのが、白樺派。その白樺派を代表する良識派の有島武郎《ありしまたけお》が愛人の女性と心中したのも、この大震災の年の六月だった。何かが、音を立てて崩れようとしていた。そして、何かの足音が、新しく近づいてきた。不況、労働争議、治安維持法公布、プロレタリア文学の興隆。……

弱り目にたたり目。内憂外患。一葉落ちて、天下の秋を知る。いったん落ち日になったら、もう歯止めはきかない。昔話にも、あるではないか。心正しい人が、神様からご褒美《ほうび》として、宝物を授かる。そうすると、お金やら、家やら、健康やら、名声やら、ありとあらゆる幸福がすべて、彼の手に入る。でもある日、ふと心驕《こころおご》りして醜い言葉を口にした途端に、宝物が消えてしまう。すると、これまで築きあげてきた富も権力も名声も若さも、全部まるごと煙のように消えてなくなってしまう。豊臣家も、徳川幕府も、どんなに抵抗しても倒れるものは倒れた。「芥川龍之介という巨大な文学宮殿」も、また滅び去った。花が嵐《あらし》に吹き飛ばされるかのように。

ツキに見放された晩年の芥川には、悪いことしか起きなかった。大正一四年。数年かけて編集した『近代日本文芸読本』が売れず、努力が無駄になった。しかも、印税問題をめぐって、苦情が寄せられた。田端の書斎を増築した資金が、他の人がもらうべき印税の流用ではないのか、という苦情である。いつの時代でも、お金がからむと人間関係がこじれる。

昭和二年。三五歳で自殺した芥川にとっては、これが「最後の年」。一月、芥川の実姉ヒサの家に、悲劇が起こった。ヒサは最初、葛巻義定《くずまきよしさだ》と結婚していた。芥川の甥《おい》として、彼の自筆草稿を管理して守り通した葛巻義敏《よしとし》は、この時の子である。ヒサは夫との離婚後に、弁護士の西川豊と再婚した。この西川が、大スキャンダルを起こしたのだ。多額の借金を抱えた西川の自宅が、全焼した。これは保険金目当てで、西川が自宅に放火したのではないかと疑われ、西川は鉄道に飛び込んで自殺してしまった。当時の新聞でも、大きく報道された。現在の週刊誌報道ほどの過熱ではなかろうが、義兄の不始末は芥川にもダメージを与えた。

五月、友人の小説家、宇野浩二が発狂した。宇野は後には回復し、芥川賞の選考委員を務めた。けれども、「発狂の恐怖」に捉《とら》えられている芥川には、宇野の未来が透視できるはずもなかった。宇野は、バラの花までむしゃむしゃと食っていた。芥川は、バラの花が大好きだったようだ。宇野の姿の中に、芥川は「愛するバラの花さえ食べてしまう自分」や「バラのトゲで血を流す自分」の姿を透視したのかもしれない。自分が、自分を食べる。自分の最も愛するものが、自分を傷つける。何という、悲劇。何という、八方ふさがり。

七月二四日早朝、致死量の薬物を飲んだ芥川龍之介の遺体が、田端の自宅に横たわっていた。残された何通かの遺書の中には、「唯《ただ》ぼんやりした不安」という言葉があった。天才・芥川の命を絶ったのは、この「ぼんやりした不安」だったのだ。これは、「理由を特定できない不安」という意味だろう。自分の苦しみは、どこから来ているのか。そして、なぜ自分だけが、こんなに苦しまなければならないのか。この不条理が、芥川の心身をさいなむ。

理由のある苦しみなら、癒《いや》すこともできる。ほかの皆が自分と同じように苦しんでいるのだったら、「苦しいのは自分だけではない」と納得することもできる。

芥川の自殺は、彼にだけ巨大な不安を押しつけた「運命」に対する命がりの抗議だった。後に共産党委員長になった宮本顕治は、評論『「敗北」の文学』の中で、芥川はプロレタリア文学に敗北したと切って捨てた。この論文は、後に批評の神様となった小林秀雄の『様々なる意匠』よりも高い評価を受けて、『改造』という当時の一流雑誌の懸賞論文の第一席となった。現代の批評基準からすると、とても信じられない。いわば、そういう時代の風向きと潮流に、芥川は敗北したのだ。

漱石の後継者として、幅広い読者層を獲得した芥川。大正の教養を重視する潮流に乗って、時代の寵児《ちょうじ》となった芥川。その芥川から、時代と読者は離れてゆく。そのターニング・ポイントが、中国旅行の頃だった。時代に受け入れられた人が、時代に背を向けられる。芥川という大正を代表する花を散らせた風は、ほかならぬ大正という時代だった。

【友よ安らかに眠れ!】

芥川の葬儀は、七月二七日、谷中《やなか》斎場で行われた。友人代表として弔辞を述べた菊池寛は、涙をこらえきれなかった。人生に疲れきって自殺した芥川の魂に向かって、「友よ安らかに眠れ!」と呼びかけ、「ただ悲しきは、君去りて、我らが身辺、とみに蕭条《しょうじょう》たるをいかにせん」と、結んだ。君という太陽（一座の花、一座の光）がいなくなってから、ぼくらは求心力と焦点を失ったかのように寂しくてたまらない、というのだ。英語で言えば、「We miss you」ということだろう。遺族の将来については、何の不安もないから安心せよ、とも慰めている。さすがは、菊池寛。心にしみる名文だ。

さて、芥川の霊は、安らかに眠っているのだろうか。お寺の過去帳に記載された戒名は、懿文《いぶん》院龍介日崇居士。「懿文」とは、優れた文章、つまり美文という意味。この難読の漢字は、知識人だった芥川の戒名にふさわしい。今でも、芥川の小説を読むと、その研ぎ澄まされた知性の鋭さに驚かされる。彼の文学は、トゲのように、読者の心に突き刺さる。彼の魔術は、まだ消えていない。そして、魔術を生み出した限りない不安も。

命日の七月二四日を、「河童忌」と言う。松尾芭蕉《ばしょう》の「時雨《しぐれ》忌」、太宰治の「桜桃《おうとう》忌」などと並んで有名な文学者の命日である。

命がけの実験

梨木香歩

なしきかほ　一九五九年、鹿児島県生れ。小説『西の魔女が死んだ』『からくりからくさ』、エッセイ『春になったら苺を摘みに』など。

人は皆、その体の周囲に固有の空気をまとっている。それは、その人の育った文化的環境からのものであったり、独自の趣味嗜好《しこう》から立ち上るものであったりする。笑いの絶えない家庭で育ち、野外で過ごすことが好きな人はそのような気配を、物質的なことより精神性に重きを置き、瞑想《めいそう》などに興味がある人はまたそのようなオーラを発している。その人が着ている服もまた、纏《まと》っている気配の一部なのだ。何を選ぶか、ということは、言ってみればどういうものに「美」を感じるか、ということなのだろう。人は自分の嗜好に合う美の世界を、一生を通じて求め続けるものなのかもしれない。美にはいろいろな「型」があり、人は自分の死の瞬間まで、その「型」から逃げ出せずに一生を終えるものなのかもしれない。

　芥川龍之介は、凄惨《せいさん》といってもいい、凄《すご》みを帯びた鬼気迫る「現象」に美を感じる質《たち》だった。芥川の自伝的作品とされる『大導寺《だいどうじ》信輔《しんすけ》の半生』では、幼い頃、父との散歩で見た「朝焼けの揺らめいた川波には坊主《ぼうず》頭の死骸《しがい》が一人、磯《いそ》臭い水草や五味《ごみ》のからんだ乱杭《らんぐい》の間に漂っていた」風景を、彼は愛する本所の「精神的陰影の全部だった」と書いている（これはたぶん、実話であろう）。『地獄変』で天才絵師良秀《よしひで》は、自分の娘が炎に焼かれ、もだえ苦しむ様を眼前にして、文字通りの生き地獄の苦悩と芸術的（と言うにはあまりにすさまじい）欲求の満たされた歓喜の両方を経験する。『羅生門』での、応仁《おうにん》の乱当時、腐乱死体の散乱する都大路の、目を覆わんばかりの悲惨さむごたらしさ。けれどその風景の上を吹き抜けて行く風の、奇妙に清々《すがすが》しい乾燥具合。

　鬼気迫る凄惨さに惹かれてゆく――その美の「型」が、現実に彼を苦しめた様々な世俗的事象の陰で、いつか彼自身の生活と人生をも全《すべ》て統合し、プロデュースしてゆく。

　私が芥川の作品群を（今の言葉で言うと、まさに「ハマって」しまって）没頭して読んだのは中二から中三にかけて、実家がちょうど山の中に引っ越した頃で、それまで育った住宅地と違い、そこでは夕方になると信じられないほどの闇《やみ》が山の襞々《ひだひだ》から立ち上り、すぐにひたひたと私が自分の部屋にしていた離れの周囲に押し寄せて、まったき夜がくるのだった。特に秋口は、これもまた信じられないほどの虫の声で、それは騒音と言っていいほどなのだが、どういうわけだか虫の声というのは、うるさければうるさいほどそれを聞く精神はしんとしてくる。触ろうとすれば手が切れるのではないかと思うほどの鋭い静寂を感じるのだ。

そういう夜中に、正座して芥川を読むのがその頃の私の気に入っていた読書スタイルだった（今はとてもそんな風雅なことはしていられない）。思えばそういう読書環境は、芥川作品に関しては特に、適《かな》っていたのだろう。数年後、私の部屋がその孤立した離れではなく、母屋《おもや》の二階に移ってからは、私は自然に芥川から遠ざかっていった。当時の私の、表層的な芥川理解が、もうこの辺でいいだろうと囁《ささや》いたのもあった。しかし、まだ漠然とした不全感、もう少しで何かが見えそうなのだけれど、という、中途半端な感覚、まだ終わっていない、という感覚をずっと引きずっていたままだったことに、今回の仕事の依頼があってから気づいた。全集を取り寄せ、本格的に芥川に没頭したのは、だから、私にとってはやり残した過去にもう一度向き合うような、この仕事は得心のゆくものにしたいという思いがあったからだった。

芥川が自殺した昭和二年はまた、宮澤賢治が羅須地人《らすちじん》協会を設立した翌年でもあった。都会的で洒脱《しやだつ》な芥川と、東北の大地をじっと見つめ続けた賢治、全く違う資質を持つ二人だが、異国に対する強烈な憧《あこが》れが双方ともその文学の一つの柱になっていることを思えば、大正という時代の空気が、ふと、この現代にまで届いてくるような気がする。

『奉教人の死』『るしへる』『報恩記』等のいわゆる「切支丹物」も、キリスト教そのものと言うよりは、その時代の異国情緒を醸《かも》すためのキリスト教という色合いが強い。尤《もっと》も全てにおいて懐疑的、シニカルな目を持っていた芥川は、自己の救済のためにキリスト教に近づくと言うことはなく、西洋理解のための案内役として距離をとった接し方だった。これらの「切支丹物」にしても、ほとんど全て最後には「どんでん返し」が仕組まれており、人間の心理の暗渠《あんきよ》に落としどころが用意されている。彼の代表作の一つである『藪《やぶ》の中』のように、真実というものはそれを見る者の立っている所によって数限りなくあり、その中の一つに瞬時きらりと光を当てる、その意外さに読者は息を呑《の》む、というところが狙《ねら》い目なのだろう。この嬉《うれ》しがりの青年のような仕掛けに、――so what?――だから?――と言いたい向きは、『侏儒《しゅじゅ》の言葉』等のアフォリズムに出会うと益々《ますます》うんざりするかもしれない。しかしこのいわば「捻《ひね》った賢《さか》しら」は、芥川理解のための重要な関門である。願わくばここで引き返さず、これを彼がまとわずにはいられなかった鎧《よろい》の一つとして鑑賞していただきたい。

『鼻』は、芥川がまだ無名の学生の頃、同人誌『新思潮』に発表し、夏目漱石の絶賛を浴びた短編である。その後「王朝物」と言われる、古典に材を取った作品群の一つで、発表順では『羅生門』につぐ。奇怪な「鼻」を持った禅智《ぜんち》内供《ないぐ》は、そのことで鬱々《うつうつ》とした毎日を送っていたが、ある処方を施したところ、鼻は見る見る小さくなった。もちろん天にも昇る心地だが、どういうわけだか以前にも増して人々の嘲《あざけ》りを受けるようになる。結局、ふとしたことで鼻は元に戻ったが、内供はがっかりするどころか反《かえ》ってほっとする……。

鬱屈《うっくつ》し、蹲《うずくま》ったような状態から、次第に揺れ動き、時にドラスティックに回転してみせるような軌跡を描く個人の内界。その形而上《けいじじょう》の動きを主な見せ場として進行する小説の在り方を、今ここで心理主義と定義するなら、芥川は日本の近代における最初の心理主義小説の担《にな》い手《て》であった。ただ、その彼の「心理主義」は、人間存在そのものに真正面から向き合ったり掘り起こしたりできる頑丈なツールではなかった。本人も述べているように、額縁内の完成度をどれだけ高められるかという、卓越した職人の技術の冴《さ》えを追求するためのものだった。

彼の思い出を記した編集者、沖本常吉は、芥川が、ある作品の書き出しの言葉を口に出して繰り返し呟《つぶや》き、その後に続く言葉の響き合いが悪いといって、とうとうその晩は前に進まず、「……その難産振りを目のあたり見た。その外遺書による「破棄すべし」の中にある自殺前数日まで続けたらしい「人を殺したか知ら？」（「夢」と改題）などは殆《ほとん》ど毎日の様に四五行づつ進んだ苦しみの跡を見た。（中略）人一倍文章の響きや、文章の後を流れる風通しを、殊《こと》に文字と文字との影響を気にした氏は、五六行と一気に進んだことはなかった」

痛々しいまでの真摯《しんし》さである。職人の常として、根っからの凝り性なのだ。

批評家たちの、芥川は器用すぎる、まだ「自分」を隠している、「告白」が出来ていないという借金取りの取り立てのような糾弾は、当時はおろか、死後もあった。それは彼の作り上げた額縁そのものを無視する無茶な注文だ。都会のシャム猫に、大地を踏みしめる象の安定感がない、秋田犬の真《ま》っ直《す》ぐさがないと無いものねだりをするようなものだ。

だがこのサービス精神に富み、また自らの才能を恃《たの》みもする負けず嫌いのシャム猫は、それならば、とその同時代に比類なき言語力を駆使して、いかにも「自らの内面を赤裸々に」表出してみせる。「それらしい」告白を、読み手が満足のいくそれらしい告白を、紙面上に現出させること——手慣れた「心理主義的」手法をもってすれば、そんなことは難なく出来るはずだった。

『大導寺信輔の半生』は、芥川が初めて自分に向き合った自伝的作品ということになっており、「赤裸々な心情告白」という体裁が取られている。同作品中、彼はかなり反抗的な嫌われ者として中学時代の自身（と思われる主人公）を描いているが、例えばしかし、

「……中学時代、「操行点だけは一度も六点を上らなかった」というのは、マッカなウソであるらしい。彼をもっとも愛した、受持の英語教師広瀬雄《ゆう》は、彼が善良で優秀な学生として、すべての教師たちから愛されたと証言しているのである」——文庫解

説・吉田精一
この作品を、発表当時、菊池寛は、「作者のいわゆる精神的風景画として、そのタッチのあざやかさと、観方《みかた》の鋭さに感心してもいいだろう」と、ほめている。『一塊の土』もまた、大地に生きる人々（彼の日常から一番遠い人々）への、都会人の彼なりの「心理主義的」手法を持って接近を試みた、挑戦的な作品であったが、絶賛する批評家もあり、その「確からしさ」は、かなり成功しているには違いない。だが、それは、いかにも「……らしい」以上の物ではない。それが本物であるかのように褒め称《たた》えるのは筋違いだ。箱庭仕立ての「自然」である。だが盆栽の美学がある。この類《たぐい》の作品の鑑賞には、それを愛《め》でるタイプの「読み」が、読み手に必要になる。
大正十四年、女性作家志望者向けの文章に、芥川は、次のようなことを書いている。
「……正直に書けとか、真実を怖《おそ》れるなとかいうことは、如何《いか》なる文芸批評家でも、公然と口にする言葉であるが、さて、何が真実だか、どうすれば正直に書けるかということは、事実上、容易にわからぬものである。そこでまず、前人の真実を怖れなかったり、正直に書いたりした例を求める。それから、その例の示すように、正直に書いたり、真実を怖れなくなったりする……」――婦人画報第二三二号「芸術家としての婦人——正直に書くことの困難」

本音だろう。芥川は「唯一《ゆいいつ》無二の真実の在処《ありか》」なんてものは、そもそも信用していないのだ。むしろ真実は彼のペン先から生まれてくる。だが決して創作を単なる作り物と軽んじているのではない。これは一種の実験なのだ。言葉なんてどうせ舌先三寸のもの、であるならその言葉を持って、どれだけ彼の「凄惨な美」の実相に迫れるか、これは彼の、後には生活そのものの活路をかけた、命がけの実験である。

今はもう、都市にはさほど見られない、家父長制を基点とする家族制も、大正時代の東京にはまだまだ健在だった。そして芥川もまた幼い頃から、養家を継ぎ係累《けいるい》を養うべく育てられた。芥川の残した書簡等を読んでいると、いかにも『杜子春《とししゅん》』の作者らしく、彼が大変な伯母思い、孝行息子であったことを彷彿《ほうふつ》とさせる。もちろん、『藪の中』を地で行くような人生なので、

「わたしの夢みている地上楽園は（中略）両親は子供の成人と共に必ず息を引取るのである。それから男女の兄弟はたとい悪人に生まれるにもしろ、莫迦《ばか》には決して生まれない結果、少しも迷惑をかけ合わないのである。それから女は妻となるや否《いな》や、家

畜の魂を宿す為《ため》に従順そのものに変るのである」――『侏儒の言葉』

「……トックの信ずる所によれば、当り前の河童《かっぱ》の生活位、莫迦げているものはありません。(中略) 殊に家族制度と云《い》うものは莫迦げている以上にも莫迦げているのです。(中略) 窓の外の往来にはまだ年の若い河童が一匹、両親らしい河童を始め、七八匹の雌雄の河童を頸《くび》のまわりへぶら下げながら、息も絶え絶えに歩いていました」――『河童』

成功した個に、貧しい親戚《しんせき》がすがりつくのは当然、逆に言えば、個は成功して一族を養うべし、という東南アジア土着的暗黙の了解――儒教的風土、と言おうか――が、彼の手枷《てかせ》足枷になっていたのは、作品のあちらこちらに現れてくる。確かに親戚たちは次々に彼を消耗させるような面倒を起こした。そのたびに彼は奔走しなければならない。近代西洋の文化を学び、自らはエゴイストを称していた彼の内面はどんどん鬱屈して行く。加えて出版関係のトラブルや、健康状態の悪化などで、それこそ息も絶え絶えの状態に陥る。――しかしこういう壮絶な心象風景は、どこか彼の美意識に適う、懐《なつ》かしさすら感じられるものではなかったか。

最晩年の『歯車』では、目に映る風景にはもう何の潤《うるお》いもなく、乾いた神経が慄《ふる》えるような妄想を生みだして行く。掛け値なしに苦しかっただろうと思う。『地獄変』の良秀の娘が、業火《ごうか》に焼かれるように。良秀の娘は、芥川の中の健康な部分だ。家族を愛し、友人を愛した。しかし、芥川の中の良秀は、このとき、地獄の苦しみと同時に幸福ではなかったか。本人が意識していたかどうかは分からない。が、あと一歩で、彼の美の「型」は完璧《かんぺき》に成就《じょうじゅ》する。

『或阿呆《あるあほう》の一生』は、自殺直前に書き上げられ、久米正雄《くめ》に託された。その久米宛《あて》の附記から。

「……僕は今最も不幸な幸福の中に暮らしている。(中略)ではさようなら。僕はこの原稿の中では少くとも意識的には自己弁護をしなかったつもりだ。

最後に僕のこの原稿を特に君に托《たく》するのは君の恐らくは誰よりも僕を知っていると思うからだ。(後略)」

自殺を決意したその間際《まぎわ》にあって、「誰よりも自分を知る友」と甘えを含んだ呼びかけができる友人がいる人間——しかし彼は壮絶な孤独の中にあった。『歯車』に見られる凄惨な心象風景は、巧んで創《つく》られたものではない。(ここで初めて芥川は彼の技巧を離れ、結果的にそれを越えた)。そこに漂う、誰とも分かち合えない孤独は、作り物でない真実の迫力を持って迫ってくる。

しかし久米へのその附記と同じように、それまでの、旧制高校時代からの友人、作家を語る随筆では、親愛の情はどれもこぼれんばかりだ。

まだ文壇に登場する前、帝大で同人誌『新思潮』を作っていた頃のこと。

「自分は松岡のいる二階へ、足音を偸《ぬす》みながら、そっと上った。上ってとっつきの襖《ふすま》をあけると、二三枚戸を立てた、うす暗い部屋のまん中に、松岡の床がとってあった。枕元《まくらもと》には怪しげな一閑張《いっかんばり》の机があって、その上には原稿用紙が乱雑に重なり合っていた。と思うと机の下には、古新聞を敷いた上に、夥《おびただ》しい南京《なんきん》豆の皮が、杉形《すぎなり》に高く盛り上っていた。自分はすぐに松岡が書くと云《い》っている、三幕物の戯曲のことを思い出した。「やっているな」——ふだんならこう云って、自分はその机の前へ坐《すわ》りながら、出来ただけの原稿を読ませて貰《もら》う所だった。が、生憎《あいにく》その声に応ずべき松岡は、髭《ひげ》ののびた顔を括《くく》り枕の上にのせて、死んだように寝入っていた。(中略)自分はやがて、こうしていても仕方がないと思ったから、物足りない腰をやっと上げて、静に枕元を離れようとした。その時ふと松岡の顔を見ると、彼は眠りながら睫毛《まつげ》の間へ、涙を一ぱいためていた。いや、そう云えば頬《ほお》の上にも、涙の流れた痕《あと》が残っていた。自分はこの思いもよらない松岡の顔に気がつくと、さっきの「やっているな」と云う元気の好《い》い心もちは、一時にどこかへ消えてしまった。そうしてその代りに、自分も夜通し苦しんで、原稿でもせっせと書いたような、やり切れない心細さが、俄《にわか》に胸へこみ上げて来た。「莫迦な奴《やつ》だな。寝ながら泣く程苦しい仕事なんぞをするなよ。体でも毀《こわ》したら、どうするんだ。」――自分はその心細さの中で、こう松岡を叱《しか》りたかった。が、叱りたいその裏では、やっぱり「よくそれ程苦しんだな」と、内緒で褒めてやりたかった。そう思ったら、自分まで何時《いつ》の間にか涙ぐんでいた。」――「あの頃の自分の事」

「よくそれ程苦しんだな、と褒めて」もらいたいのは、芥川だ。（本人にそう指摘したら憤死するかも知れないけれど）。常にそういう、受容され、帰属する場所を渇望《かつぼう》する芥川と、そういう（自分自身も含めて）人間関係全てを煩《わずら》わしく思う彼がいた。

もしエッセイ通りの、これほどの友情を育《はぐく》み得た人間、と考えると、少なくとも孤独が彼を殺したはずがない――つまり、これらもまた、彼のペン先が作り上げた「藪の中」の真実なのだ。

手持ちの札は全部使った。「狂人の母」も、家族制度の葛藤《かっとう》も、慄えるような神経症性の幻視も、頼みもし、嫌悪もした友情も。自他共に認める「芸術至上主義」者の、彼の芸術とは、諸行無常の世界観に裏打ちされた風景――自分の「型」の、更に向こう側にあるはずの普遍に、どれだけ近づきうるかという挑戦であり、それは一人の作家の、文字通り人生をかけた、壮絶な実験であった。結果として、彼は彼の「型」を追求することによってしかその向こう側には行けなかった。そしてそれはまた、どこまでもその美を追究するという、「藪の中」的世界でもあった。

生活者としては敗者であり、だがその「型」の、非の打ち所のない完璧を達成した、悲しい勝者でもあった。

コラム②　芥川龍之介の恋文

芥川《あくたがわ》は多くの手紙を遺《のこ》している。初めての書簡集は昭和三年発行の全集第七巻で、収録書簡は一一四一通（さらに別巻で二七通追加）。同十年発行の全集には一二五九通が収められ、さらに同三十年の全集では一四〇三通が収められた。同五十三年版の全集には、一六四二通が収録されている。

　女性について、様々な批評をしている芥川だが、後に妻になった文《ふみ》に宛《あ》てて、大正五年八月二十五日、一の宮海岸一宮館から出した手紙にはこんな一文がある。

「僕のやっている商売は　今の日本で　一番金にならない商売です。その上　僕自身も碌《ろく》に金はありません。ですから　生活の程度から云えば　何時《いつ》までたっても知れたものです。それから　僕は　からだも　あたまもあまり上等に出来上がっていません。（あたまの方は　それでも　まだ少しは自信があります。）うちには　父、母、伯母と、としよりが三人います。それでよければ来て下さい。僕には　文ちゃん自身の口から　かざり気のない返事を聞きたいと思っています。繰返して書きますが、理由は一つしかありません。僕は　文ちゃんが好きです。それだけでよければ　来て下さい。」

披露宴での芥川と塚本文
田端の自笑軒にて

また、大正六年の手紙には、こんな求愛の文章を綴《つづ》っている。

拝啓　旅行中度々手紙を難有《ありがと》う十日の朝は五時や五時半ではまだ寝むくって大船を通ったのも知らずに寝ていはしませんでしたかボクはちゃんと眼をさまして文ちゃんの事を考えましたそうして「くたびれたでしょう」と云いました　それでも文ちゃんは返事をしないで　ボクのいる所を通りこしてしまったような気がします　丁度久米《くめ》（注・正雄）が来てとまっていたので、ボクは彼を起さないように　そうっと起きて　顔を洗いに行きました　黄いろくなりかかった山の上にうすい青空が見えて　少しさびしい気がしました。そうしてもう文ちゃんは横浜位へ行っているだろうと思いましたその時分はもう文ちゃんも眼がさめていたのにちがいありません　ボクが「お早う」と云ってからかったらボクをにらめたような気がしましたから　こんどお母さんがお出《い》での時ぜひ一しょにいらっしゃい　その時ゆっくり話しましょう　一人きりでいつまでもいつまでも話していたい気がします　そうして kiss してもいいでしょういやならばよします　この頃ボクは文ちゃんがお菓子なら頭から食べてしまいたい位可愛《かわ》いい気がします　嘘《うそ》じゃありません　文ちゃんがボクを愛してくれるよりか二倍も三倍もボクの方が愛しているような気がします　何よりも早く一しょになって仲よく暮しましょう　そうしてそれを楽しみに力強く生きましょう　これでやめます

以上　龍

十一月十七日　横須賀から

（岩波書店『芥川龍之介全集第十巻』より）

コラム③　芥川龍之介の遺書

遺書は五通あり、岩波書店版『芥川龍之介《あくたがわりゅうのすけ》全集』第十二巻（昭和五十三年刊）に、収められている。遺書はすべて妻文《ふみ》に託された。死後の処置については、文宛《あて》の遺書に指示がある。また子どもたちへも遺書を残していた。

●芥川文子あて

一、生かす工夫絶対に無用。
二、絶命後小穴《おあな》君に知らすべし。絶命前には小穴君を苦しめ併《あわ》せて世間を騒がす惧《おそ》れあり。
三、絶命すまで来客には「暑さあたり」と披露すべし。
四、下島先生（注・主治医）と御相談の上、自殺とするも病殺（死）とするも可。若《も》し自殺と定まりし時は遺書（菊池〔寛〕宛）を菊池に与うべし。然《しか》らざれば焼き棄てよ。他の遺書（文子宛）は如何《いかん》に関らず披見し、出来るだけ遺志に従うようにせよ。
五、遺物には小穴君に蓬平の蘭《らん》を贈るべし。又義敏《よしとし》に松花硯（小硯《こすずり》）を贈るべし。
六、この遺書は直ちに焼棄せよ。

●わが子等に

一　人生は死に至る戦いなることを忘るべからず。
二　従って汝等《なんじら》の力を恃《たの》むことを〔忘る〕勿《なか》れ。汝等の力を養うを旨《むね》とせよ。
三　小穴隆一を父と思え。従って小穴の教訓に従うべし。
四　若しこの人生の戦いに破れし時には汝等の父の如《ごと》く自殺せよ。但《ただ》し汝等の父の如く他に不幸を及ぼすを避けよ。

芥川の三人の遺児（右·長男比呂志は俳優に、中央·三男也寸志は音楽家になった。左·二男多加志は戦死している）

五　茫々《ぼうぼう》たる天命は知り難しと雖《いえど》も、努めて汝等の家族に恃まず、汝等の欲望を抛棄《ほうき》せよ。是《これ》反《かえ》って汝等をして後年汝等を平和ならしむる途《みち》なり。

六　汝等の母を憐憫《れんびん》せよ。然れどもその憐憫の為《ため》に汝等の意志を枉《ま》ぐべからず。是亦《また》却《かえ》って汝等をして後年汝等の母を幸福ならしむべし。

七　汝等は皆汝等の父の如く神経質なるを免れざるべし。殊《こと》にその事実に注意せよ。

八　汝等の父は汝等を愛す。（若し汝等を愛せざらん乎《や》、或《あるい》は汝等を棄《す》てて顧みざるべし。汝等を棄てて顧みざる能《あた》わば、生路《せいろ》も亦なきにしもあらず）

芥川龍之介

（岩波書店『芥川龍之介全集第十二巻』より）

コラム④　鎌倉《かまくら》から江ノ島・鵠沼《くげぬま》

大正7年に芥川《あくたがわ》が結婚して新居を構えた鎌倉の大町字辻は、鎌倉駅から南へ1キロほどの別荘地内の離れだった。たいそう気に入っていたらしい。当時すでに**江ノ島電鉄**が開通していたから、最初の下宿があった近くの由比《ゆい》ガ浜（和田塚）から通勤する時、すでに江ノ電を利用していたはずだ。

　鎌倉ー藤沢間を走る江ノ電は単線だが、今もレールを軋《きし》ませながら、民家の軒先をすれすれに走る。由比ヶ浜駅から10分ほど歩いた高台に建つ**鎌倉文学館**は、旧前田侯《こう》爵《しゃく》家の別邸を改築して昭和60年に開館した。芥川の関連資料では、「しるこ」の直筆原稿、『羅生門』『影燈籠《どうろう》』『梅・馬・鶯《うぐいす》』の初刊本、佐佐木信綱へ宛《あ》てた手紙が展示されている。

鵠沼海岸から江ノ島を望む

小田急電鉄・片瀬江ノ島駅から一つ目の駅、**鵠沼海岸**は、明治・大正から昭和初期にかけて**東屋《あずまや》旅館**という大きな割烹《かっぽう》旅館があった保養地として知られ、ここには数多くの文人が逗留《とうりゅう》した。芥川も晩年、体調が悪化し、大正15年には家族とともに東屋に一時期転居している。

　滞在中、世間を騒がした事件があった。昭和2年に書かれた短編の題名「蜃気楼《しんきろう》」が、実際に鵠沼海岸に現れていたのだ。現在、海岸はきれいな海浜公園に生まれ変わり、サーフボードやボディボードを抱えた若者で賑《にぎ》わっている。ビーチバレーの専用コートもあり、歓声が上がっていた。

主要著作リスト

羅生門　(阿蘭陀書房)　大正六年五月　羅生門・鼻・父・猿・孤独地獄・運・手巾・尾形了斎覚え書・虱・酒虫・煙管・貉・忠義・芋粥

煙草と悪魔　〈新進作家叢書8〉(新潮社)　大正六年十一月　煙草と悪魔・或日の大石内蔵助・野呂松人形・さまよへる猶太人・ひよつとこ・二つの手紙・道祖問答・MENSURA ZOILI・父・煙管・片恋

鼻　〈新興文芸叢書8〉(春陽堂)　大正七年七月　鼻・羅生門・猿・孤独地獄・運・手巾・尾形了斎覚え書・虱・酒虫・貉・忠義・芋粥・西郷隆盛

傀儡師　(新潮社)　大正八年一月　奉教人の死・るしへる・枯野抄・開化の殺人・蜘蛛の糸・袈裟と盛遠・或日の大石内蔵助・首が落ちた話・毛利先生・戯作三昧・地獄変

影燈籠　(春陽堂)　大正九年一月　蜜柑・沼地・きりしとほろ上人伝・龍・開化の良人・世之助の話・小品四種（黄粱夢・英雄の器・女体・尾生の信）・あの頃の自分の事・じゆりあの・吉助・疑惑・魔術・葱・バルタザアル（翻訳）・春の心臓（翻訳）

夜来の花　(新潮社)　大正十年三月　秋・黒衣聖母・山鴫・杜子春・動物園・捨児・舞踏会・南京の基督・妙な話・鼠小僧次郎吉・影・秋山図・アグニの神・女・奇怪な再会

将軍　〈代表的名作選集37〉(新潮社)　大正十一年三月　将軍・羅生門・鼻・猿・運・藪の中・手巾・虱・秋

点心　(金星堂)　大正十一年五月　随筆感想集

奇怪な再会　〈金星堂名作叢書8〉(金星堂)　大正十一年十月　妙な話・黒衣聖母・影・奇怪な再会・アグニの神

邪宗門　(春陽堂)　大正十一年十一月

春服　(春陽堂)　大正十二年五月　六の宮の姫君・トロッコ・おぎん・往生絵巻・お富の貞操・三つの宝・庭・神神の微笑・奇遇・藪の中・母・好色・報恩記・老いたる素戔嗚尊・わが散文詩

黄雀風　(新潮社)　大正十三年七月　一塊の土・おしの・金将軍・不思議な島・雛・文放古・糸女覚え書・子供の病気・寒さ・あばばばば・黒河岸・或恋愛小説・少年・保吉の手帳から・お時儀・文章

百艸〈感想小品叢書8〉（新潮社）大正十三年九月　随筆感想集

支那游記（改造社）大正十四年十一月　紀行文

梅・馬・鶯（新潮社）大正十五年十二月　随筆感想集

湖南の扇（文藝春秋社）昭和二年六月　湖南の扇・温泉だより・浅草公園・誘惑・春の夜・尼提・カルメン・彼・彼第二・僕は・O君の新秋・春の夜は・鬼ごつこ・或社会主義者・塵労・年末の一日・海のほとり・蜃気楼

侏儒の言葉（文藝春秋社）昭和二年十二月　評論随筆集

三つの宝（改造社）昭和三年六月　白・蜘蛛の糸・魔術・杜子春・アグニの神・三つの宝

西方の人（岩波書店）昭和四年十二月　三つの窓・手紙・冬・古千屋・たね子の憂鬱・十本の針・闇中問答・歯車・或阿呆の一生・西方の人・続西方の人

大導寺信輔の半生（岩波書店）昭和五年一月　大導寺信輔の半生・第四の夫から・馬の脚・早春・桃太郎・三つのなぜ・点鬼簿・悠々荘・玄鶴山房・白・河童

文芸的な、余りに文芸的な（岩波書店）昭和六年七月　評論随筆集

●現在入手できる本

新潮日本文学　全六十四巻　**⑩芥川龍之介集**　一九六九年十月

新潮日本文学アルバム**芥川龍之介**　一九八三年十月

芥川龍之介全集　全二十四巻（岩波書店）一九九五年十一月〜一九九八年三月

芥川龍之介全集　全八巻（ちくま文庫）一九八六年九月〜一九八九年八月

芥川龍之介（ちくま日本文学全集）一九九一年二月

新潮CD「**河童**」（朗読・橋爪功）

「**杜子春**」（朗読・加藤武）

「**藪の中・好色**」（朗読・高橋悦史）

「**羅生門**」（朗読・橋爪功）

「**鼻・魔術**」（朗読・川辺久造）

芥川龍之介句集——我鬼全句（永田書房）一九九一年一月

夕ごころ——芥川龍之介句集（ふらんす堂文庫）一九九三年四月

年　譜

明治二十五年（一八九二年）三月一日、東京市京橋区入船町（現中央区明石町）に新原敏三・フクの長男として生れる。辰年辰月辰日辰刻の出生のため、龍之介と命名された。十月、母が発狂しフクの兄道章に預けられる。

明治三十一年（一八九八年）江東尋常小学校に入学。

明治三十五年（一九〇二年）十歳　実母フク死去。

明治三十七年（一九〇四年）十二歳　八月、芥川家と正式に養子縁組を結ぶ。

明治三十八年（一九〇五年）東京府立第三中学入学。

明治四十三年（一九一〇年）十八歳　九月、第一高等学校に推薦入学。同級生に菊池寛らがいた。

大正二年（一九一三年）二十一歳　七月、第一高等学校卒業。九月、東京帝国大学英文科に入学。

大正三年（一九一四年）二十二歳　二月、豊島与志雄、山本有三、久米正雄、菊池寛らと第三次「新思潮」を創刊。十月、現在の北区田端に転居。

大正四年（一九一五年）二十三歳　十一月、「羅生門」を「帝国文学」に発表。漱石山房の木曜会に出席。漱石門下生となる。

大正五年（一九一六年）二十四歳　二月、第四次「新思潮」を発刊。創刊号に「鼻」を掲載、漱石の激賞を得る。七月、東京帝大英文科卒業。九月、「新小説」に「芋粥」を発表。十二月、横須賀の海軍機関学校の教授嘱託となる。九日、夏目漱石死去。

大正六年（一九一七年）二十五歳　五月、第一短篇集『羅生門』を刊行、出版記念会を開く。九月、横須賀に転居。「大阪毎日新聞」に「戯作三昧」連載。

大正七年（一九一八年）二十六歳　二月、塚本文と結婚。三月、鎌倉大町に転居。大阪毎日新聞社と社友契約を結ぶ。五月、「地獄変」を『大阪毎日新聞』「東京日日新聞」に連載。七月、鈴木三重吉の「赤い鳥」創刊号に「蜘蛛の糸」を発表。九月、「三田文学」に「奉教人の死」を発表。

大正八年（一九一九年）二十七歳　三月、実父敏三死去。海軍機関学校教授を辞し大阪毎日新聞社員となる。四月、鎌倉から田端の自宅に戻る。書斎を「我鬼窟」として室生犀星らが集まるようになる。五月、「蜜柑」などを「新潮」に掲載。

大正九年（一九二〇年）二十八歳 三月、長男比呂志誕生。このころから河童の絵を描く。十一月、菊池寛、久米正雄らと京阪に講演旅行に出かける。
大正十年（一九二一年）二十九歳 三月、大阪毎日新聞社の海外視察員として中国に赴く。上海到着早々に乾性肋膜炎を患い三週間入院静養。退院後、杭州、西湖、蘇州、揚州、南京、廬山、洞庭湖、漢口、洛陽を経て北京、朝鮮経由で七月末帰国。
大正十一年（一九二二年）三十歳 一月、「藪の中」を「新潮」に発表。一月から二月、「江南游記」を「大阪毎日新聞」に発表。この頃、書斎を「澄江堂」と改める。十一月、二男多加志誕生。
大正十二年（一九二三年）三十一歳 一月、菊池寛が創刊した「文藝春秋」に「侏儒の言葉」を連載（大正十四年十一月完）。三月から四月、湯河原で静養。
大正十三年（一九二四年）三十二歳 一月、「一塊の土」を「新潮」に発表。五月、金沢に室生犀星を訪ねる。七月、軽井沢鶴屋旅館に滞在。片山広子（筆名松村みね子）と交流。
大正十四年（一九二五年）三十三歳 一月、「大導寺信輔の半生」（未完）を「中央公論」に発表。三月、「越びと」（旋頭歌二十五首）を「明星」に発表。四月、萩原朔太郎が田端へ転居、交流を深める。七月、三男也寸志誕生。十一月、興文社の依頼で三年がかりで編集した「近代日本文芸読本」全五集を刊行。収録作品や印税配分について紛争があり心痛。
大正十五年／昭和元年（一九二六年）三十四歳 一月から二月、神経衰弱、不眠症などのため湯河原で静養。四月、養生のため鵠沼海岸の東屋旅館等に滞在。遺稿となった「鵠沼雑記」などを書く。
昭和二年（一九二七年）三十五歳 一月、姉ヒサの嫁ぎ先の西川豊宅が全焼。放火の嫌疑をかけられ義兄が鉄道自殺。その始末と整理に奔走。一月、「玄鶴山房」を「中央公論」に、三月、「河童」を「改造」に発表。四月から八月、「改造」誌上で谷崎潤一郎と「文芸的な、余りに文芸的な」と題して文学論争。五月、改造社『現代日本文学全集』宣伝のための講演で里見弴と東北、北海道旅行。六月、「歯車」を「大調和」に発表。七月二十四日未明、田端の自宅で致死量のヴェロナール、ジャール（睡眠薬）を飲み、自殺。谷中斎場で葬儀。東京染井の慈眼寺に埋葬。

自嘲《じちょう》
水涕《みずばな》や鼻の先だけ暮《く》れ残る

右・小穴あて葉書　芥川は自分を投影した河童の画を多く遺した。
左の句・「発句」より。芥川が自殺前に主治医の下島勲に遺した句。

文豪《ぶんごう》ナビ　芥川龍之介《あくたがわりゅうのすけ》

新潮文庫　あ - 1 - 0

平成十六年十一月一日発行
令和四年九月十日十刷

編者　新《しん》潮《ちょう》文《ぶん》庫《こ》

発行者　佐藤隆信

発行所　株式会社新潮社

郵便番号　一六二―八七一一
東京都新宿区矢来町七一
電話　編集部(〇三)三二六六―五四四〇
読者係(〇三)三二六六―五一一一
http://www.shinchosha.co.jp

価格はカバーに表示してあります。

乱丁・落丁本は、ご面倒ですが小社読者係宛ご送付ください。送料小社負担にてお取替えいたします。

DTP組版製版・株式会社ゾーン
印刷・株式会社光邦　製本・株式会社大進堂

ISBN978-4-10-102500-1 C0195